감빵에 간 변호사

감빵에 간 변호사

발행일　2021년 7월 22일

지은이　변환봉
펴낸이　손형국
펴낸곳　(주)북랩
편집인　선일영　　　　　　　　　**편집**　정두철, 윤성아, 배진용, 김현아, 박준
디자인　이현수, 한수희, 김윤주, 허지혜　　**제작**　박기성, 황동현, 구성우, 권태련
마케팅　김회란, 박진관
출판등록　2004. 12. 1(제2012-000051호)
주소　서울특별시 금천구 가산디지털 1로 168, 우림라이온스밸리 B동 B113~114호, C동 B101호
홈페이지　www.book.co.kr
전화번호　(02)2026-5777　　　　　　　**팩스**　(02)2026-5747

ISBN　979-11-6539-886-6 03810 (종이책)　　979-11-6539-887-3 05810 (전자책)

(주)북랩 성공출판의 파트너

북랩 홈페이지와 패밀리 사이트에서 다양한 출판 솔루션을 만나 보세요!

홈페이지 book.co.kr　•　**블로그** blog.naver.com/essaybook　•　**출판문의** book@book.co.kr

작가 연락처 문의 ▸ ask.book.co.kr

작가 연락처는 개인정보이므로 북랩에서 알려드릴 수 없습니다.

감빵에 간 변호사

A LAWYER WHO WENT TO PRISON

변환봉 에세이

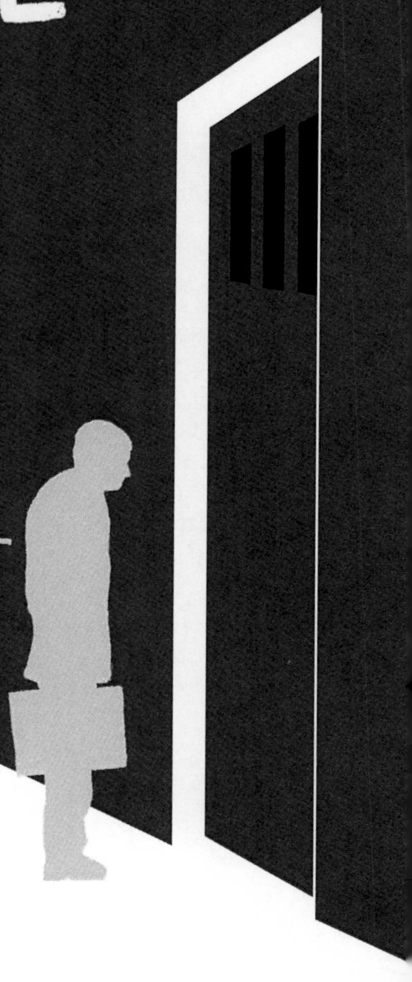

북랩 book Lab

"생각하는 대로 살지 않으면 사는 대로 생각하게 된다."
프랑스의 문학가 폴 부르제가 한 말이라고 합니다.

빠르게 변화하며 많은 일들이 일어나는 세상에서 단순히
서 있기만 해서는 안 되고, 자신의 역할과 의무를 찾아야 하
며, 내가 어떻게 바라보느냐에 따라 세상은 끊임없이 변할
수 있다는 믿음을 보여주는 말이 아닌가 생각합니다.

정치라는 역동적인 곳에 뛰어든 변환봉 위원장을 처음 만난
것은 2016년 총선에서였습니다. 눈앞의 현실이 아니라 가슴에
품은 이상으로 나아가는 모습을 보며 저 역시 그 젊음과 패기
로 함께 시작하는 기분을 느낄 수 있었습니다. 이후에도 교분
을 나누고 함께 세미나에서 안보와 4차산업, 신북방경제에 대
해 공부하며 우리나라의 미래와 비전을 그렸습니다.

한동안 변환봉 위원장이 영어(囹圄)의 몸이 되어 고생하는 것을 보며 이후 그가 어떻게 세상에 목소리를 낼지 주시했습니다. 그는 이 책을 통해 회피하지 않고 자신의 치부를 공개적으로 고백하며 사과하는 모습을 보여주었습니다. 억울함이나 한스러움을 표현하기보다 자신의 잘못으로 인정하는 모습은 부끄럽지 않게 살겠다는 그의 의지를 보여주는 것이 아닐까 생각합니다.

앞으로 우리나라는 유라시아 대륙으로 달려나가는 경제 실크로드를 개척해나갈 것입니다. 그 유라시아 큰길은 국가들 간의 물리적인 연결을 넘어 사람을 연결하는 길이 될 것입니다. 우리네 삶도 다르지 않다고 생각합니다. 성공과 실패를 아우르는 큰길을 만들어나갈 때 우리의 인생은 주변을 환히 밝히는 종착역으로 연결되리라 확신합니다.

내가 어떻게 바라보느냐에 따라 앞으로의 시간이 변할 수 있기에, 변환봉 위원장의 시간은 분명 지금보다 더 의미 있는 방향으로 흘러갈 것이고, 저 역시 그의 선배로서 동반자가 될 것입니다.

前 미래한국당 대표

원유철

변환봉 변호사의 에세이 출판을 진심으로 축하합니다.

한때 보수의 가치는 더 이상 효용이 없고, 보수의 실패가 도래한 것이 아닌가 하던 시기가 있었습니다. 보수는 낡은 기득권의 이미지로만 비춰지며 우리 사회에 그 어떤 새로운 비전도 제시할 수 없는 것이 아닌가 하는 의구심마저 갖게 만들었습니다. 그 시절 저는 변환봉 변호사와 함께 보수를 개혁하고자 했고, 새로운 물결을 만들고자 노력했습니다. 여러 의미 있는 활동들을 같이하며, 울림 있는 목소리들을 만들고자 했습니다. 그리고 변화를 갈구했던 그 목소리가 지금의 개혁과 변화에 일조했다고 감히 생각합니다.

변환봉 변호사가 곤혹스러운 일을 겪었다는 이야기를 들었습니다. 믿을 수 없었고, 분명 억울한 사정이 있을 거라고 생각했습니다. 이 책을 통해 그가 이전에 담담히 풀어놓았던 이야기들을 다시금 곱씹을 수 있었습니다. 억울함을 토로하기보다 자신의 탓으로 받아들이고 반성하는 모습, 감추고 싶은 이야기를 오히려 속 시원히 공개하고 그 과정에서 의미를 찾아가는 그의 모습에서 저와 함께 꿈을 이야기하던 초심을 잃지 않았음을 느낄 수 있었습니다. 그리고 변환봉 변호사가 살아온 이야기들을 보며 그 따뜻한 모습들이 어떻게 지금 그의 삶에 밑거름이 되었는지, 사람들이 왜 여전히 그를 아끼고 좋아하는지를 알게 해주었습니다.

누구나 실수할 수 있습니다. 그러나 그 실수를 대하는 태도, 그리고 그 실수를 어떻게 받아들이느냐가 중요합니다. 변환봉 변호사는 이제 그것을 알고 있다고 생각합니다.

저는 앞으로도 변환봉 변호사 곁을 지키며 또 다른 동행을 할 것입니다. 시련은 있어도 실패는 없다는 말이 지금 그에게 딱 맞는 말이라 확신합니다. 앞으로 그의 앞에 펼쳐질 이야기를 저와 함께 지켜봐주십사 감히 부탁드립니다.

'3대(代)가 행복한 동두천·연천'
국회의원 김성원

소액주주 운동에 앞장선 변호사.

한 경제신문에서는 나를 '화제의 법조인'으로 선정하며 주목하기도 하였다.

사법시험 존치와 전관예우 철폐 등 법조 개혁에 나선 변호사.

변호사 단체의 간부로 활동하며 비위 전력 전관들의 변호사 등록을 거부하였고, 현직 판사를 고발하는 등 날 선 검을 휘둘렀다.

종편방송의 스타 패널.

많게는 한 달에 약 80번 방송에 출연하였고 카메라와 마이크, 토론을 두려워하지 않았다.

여당의 인재 영입 1호로 총선 출마.

만 39살로 정계에 데뷔했고, 보수정당에서 젊은 피로 주목받으며 새로운 바람이 될 것이라는 기대를 받았다.

나에게 부여된 과분한 명예와 자산이었다.

때로 시련이 있었고 작은 파도도 있었지만 난 오로지 내가 옳고, 할 수 있다는 의지와 자신감으로 거침없이 나아갔다. 개척자의 정신으로 남들이 가지 않은 길을 가려 했고, 스스로 길을 만들어가며 다른 이들의 이정표가 되고 싶어 했다. 내가 좋아하는 글 중에서 로버트 프로스트라는 시인의 「가지 않은 길」이라는 시가 있는데, 당시 내게 많은 공감이 되었던 글이다.

갈라진 두 갈래 길이 있었지.
그리고 나는,
나는 남들이 덜 다닌 길을 선택했고,
그것이 내 모든 것을 바꾸어 놓았다네.

하지만 이러한 내 모습은, 어쩌면 자전거가 넘어지지 않도록 끊임없이 페달을 돌리는 위태한 모습으로 애써 스스로를 감추고 위안을 삼으려는 것이었는지도 모른다. 그리고 결국 나는 내가 가졌던 자신감과 옳다고 믿었던 것들이 얼마나 허상이었는지 깨닫게 되었다. 작은 시련들을 극복하며 내 나름대로 의미를 찾았지만 근본적으로 내 자신을 되돌아보지 않고 작은 변곡점 정도로만 생각했다.

사랑하는 딸아이의 수술과 완치의 과정, 그리고 총선에서의 첫 실패는 완벽하고 계획대로 진행될 것 같았던 내 인생에 작은 파문을 일으켰지만 나를 완전히 바꾸지는 못했고, 내 완벽한 인생의 계획에 꼭 필요한 발판 정도로 여겨졌다. 그러한 시련을 딛고 더 크게 일어섰다는 이야기처럼 꼭 필요한 성장통 에피소드 말이다.

그러나 승승장구하던 현직 변호사의 법정 구속이라는 시련은 내 인생의 틀을 송두리째 바꾸어놓는 것이었고, 나로 하여금 깊은 성찰을 하도록 만들었다. 물론 처음에는 원망과 억울함도 많았다. 법의 기준은 나에게만 지나치게 엄격한 것처럼 보였고, 법의 관용 역시 나에게는 전혀 허용되지 않는 것처럼 보였다. 내가 책임져야 할 것 이상의 책임을 강요하는 현실을 인정할 수 없었다.

처음에는 버텨내고 견뎌내야 한다는 생각뿐이었다. 의연하게, 꿋꿋하게 살아낸다면 분명 하늘이 다시 기회를 줄 것이라고 믿었다. 역시나 내가 모든 상황을 주도할 수 있고 인생은 내 계획대로 완성될 것이라는 잘못된 자신감의 발로였다고 생각한다.

8개월 반의 수감 생활은 내 오만과 독선에 경종을 울리고 나에게 변화를 요구했다. 받아들이기 힘든 변화였지만 결국 인생이란 무엇인지 다시 생각할 수 있었다. 그 과정에서 많은 도움과 사랑을 받았고, 좀 더 깊게 스스로를 성찰할 수 있었다. 뒤에서 상세히 이야기하겠지만 어쨌든 주변을 제대로 관리하지 못했던 점, 결과가 좋으면 문제가 없을 것이라는 인식으로 안일한 판단을 한 점에 대해 깊이 반성한다. 그리고 남들에게 제시했던 엄격한 기준만큼 내 자신 역시 스스로 정한 기준에 따라 엄정한 대가를 지불해야 한다는 생각에서 모든 일을 오롯이 나의 잘못으로 돌리려 한다.

이 책의 이야기는 좌절을 딛고 다시 성공했다는, 혹은 성공하고 말겠다는 상투적인 이야기가 아니다. 그렇다고 한때의 영광을 그리워하며 회한과 아쉬움을 토로하는 이야기는 더더욱 아니다. 좌절을 겪으며 내 생각이 어떻게 변해가고 있는지, 헤어나올 수 없을 것 같은 절망 속에서 나는 무슨 생각을 하고 있는지를 이야기해보려 한다.

가장 어려움에 처하게 되었을 때 내 주변의 사람들이 자연스럽게 나뉘어지는 것을 볼 수 있었다. 여전히 변함없이 신뢰하고 진심으로 다가오는 사람들, 그리고 승승장구하던 모습에만 줄을 서며 자신들의 잇속을 챙기기에 바빴던 사람들로 나뉘었다. 후자의 사람들에 대해 섭섭함은 없다. 사람을 제대로 보지 못한 나의 잘못이다.

마지막으로, 맹목적으로 내 편을 들어주는 것이 아니라 가장 가까운 곳에서 따끔하게 이야기해주었던 사랑하는 집사람과 가족들, 내가 무슨 실수를 했든지 상관없이 여전히 자기는 친구이고 동료라며 묵묵히 도와주었던 친구들, 내 앞에서 함께 울어주고 용기를 잃지 않도록 격려해주었던 많은 지인들께 다시 한번 감사의 말을 전한다.

고린도후서 12장

7. 여러 계시를 받은 것이 지극히 크므로 너무 자만하지 않게 하시려고 내 육체에 가시 곧 사탄의 사자를 주셨으니 이는 나를 쳐서 너무 자만하지 않게 하려 하심이라

8. 이것이 내게서 떠나가게 하기 위하여 내가 세 번 주께 간구하였더니

9. 나에게 이르시기를 내 은혜가 네게 족하도다 이는 내 능력이 약한 데서 온전하여짐이라 하신지라 그러므로 도리어 크게 기뻐함으로 나의 여러 약한 것들에 대하여 자랑하리니 이는 그리스도의 능력이 내게 머물게 하려 함이라

10. 그러므로 내가 그리스도를 위하여 약한 것들과 능욕과 궁핍과 박해와 곤고를 기뻐하노니 이는 내가 약한 그 때에 강함이라

목
차

 제1장
우리 딸 사랑해

제2장

내 손안에 있소이다

 제3장

비움을 통해 채우게 된 것

제4장

전직 변호사의 슬기로운 감빵생활

제5장
그 후의 이야기

00

나락으로

2020년 8월 14일 금요일 오후 2시.

"피고인을 징역 1년, 추징금 1,500만원에 처한다. 피고인을 법정 구속한다."

재판장님의 입에서 낭독된 주문은 그대로 내 머리를 강타했고 잠시 아무 생각도 할 수 없었다. 법정 경위가 이끄는 대로 끌려가면서 정신을 차릴 수 없었다. 날 알아보고 놀라는 교도관과 방청객의 시선, 차가운 수갑과 움직일 수 없어 답답하기만 한 포승의 느낌 등 모든 것이 혼란스럽기만 했다.

내가 이렇게까지 잘못한 것일까, 억울하다, 왜 모든 책임을 나 홀로 부담해야 하나 하는 생각도 들었다.

하지만 어떤 생각도 날 구원하지는 못했고, 막연히 알고 있던 구치소 입감 절차를 진행하면서 나락으로 떨어지고 있음을 절감했다.

무한한 가능성이 열려 있고, 탄탄대로일 것만 같던 내 앞 길에는 폭격을 맞은 듯 큰 구덩이가 패었고, 나는 그 구덩이 에 처박혔다.

사건 초기부터 나를 도와주었던 친한 변호사 형님 역시 당황해 어쩔 줄 모르는 기색이 역력했다. 그만큼 누구도 예 상을 하지 못했던 결과였다.

손을 뻗으면 양쪽 벽이 닿을 만큼 좁은 방, 온통 낙서로 뒤덮인 지저분한 벽면, 자살을 방지하기 위해 불을 켜놓고 자야 하는 환경, 차갑고 딱딱하기만 한 바닥에 깔린 얇은 모 포 1장.

구치소 입감 후 1주일 동안 거의 잠을 자지 못했다.

멍하니 앉아 천장만 바라보았다.

몸무게는 8kg 가량 빠졌고, 간수치가 올라가며 황달 증상 이 왔다.

치질도 생겼고 다리가 마비되는 것 같았다.

불과 1주일 만에…

차라리 죽고 싶다는 기도가 절로 나왔다.

혹시나 내가 극단적 선택을 하지 않을까 우려한 교도관이 수시로 나를 살피러 오는 것을 느낄 수 있었다.

"기사는 한 개밖에 안 났고, 익명으로 되어 있네요.

신경 쓰지 마시고 마음 단단히 잡으세요. 억울한 일이 있으면 풀릴 겁니다."

그다지 위로가 되지 않았다. 아니 듣기는 했지만 무슨 말을 하고 있는지 이해가 안 갈 만큼 머릿속의 생각이 움직이지 않았다.

잠시 나쁜 생각도 들었지만 그 불편하고 좁은 방 안에서는 아무것도 할 수 없었다.

목을 맬 수 있는 끈도, 끈을 걸 수 있는 지지대도, 지지대를 만들 수 있는 작은 못 하나도 없었다.

밖의 상황도 다르지 않았다.

집사람도 법원으로부터 내가 법정 구속되었다는 문자와 전화를 받고 그 자리에서 아무 생각도 하지 못했다고 한다. 겨우 정신을 차리고 도움을 줄 수 있는 지인들과 교정시설에 대해 잘 알고 있는 사람들을 통해 자신이 뭘 해야 하는지를 물었다고 한다.

집사람은 한동안 딸아이에게는 차마 아빠의 소식을 그대로 전할 수 없었다고 한다.

딸아이에게 아빠가 얼마나 자랑스럽고 대단한 존재였는데…

아마도 딸아이는 이 책을 통해 그때 있었던 일들을 제대로 알게 될 것이다.

"아빠가 솔직히 말해주지 못해서 미안해…."

얼마 전 남편을 하늘나라로 보내드리신 어머니는 눈을 크게 뜨시고 도대체 무슨 말인지 한참을 되물으셨고, 가족들 역시 망연자실한 표정들이었다고 한다.

내 소식을 들은 사람들 역시 많이 놀랐다.

내가 생각했던 것보다 더욱 빨리 소식이 전해졌고, 법정 구속 직전 변호인을 통해 가족에게 전해주었던 핸드폰에서는 선고가 끝난 직후부터 미친 듯이 전화벨이 울렸다고 한다.

사실인지 확인하려는 연락들 말이다.

전화를 받지 않자 문자가 쇄도했다.

"변위원장님 무슨 일 있는 거 아니죠?"

"이상한 이야기 들려서 전화 한번 해봤어."

대체공휴일을 포함한 3일간의 연휴.
내 시간은 정지해버렸고, 모두의 얼굴도 경악으로 굳어진
채 정지해버렸다.

연휴가 지나면 이곳에서 나가도록 해주시겠지,
명색이 내가 변호사라 절대 불가능할 것이라는 것을 알면
서도 잠깐 며칠만 구속시키겠지 하는 말도 안 되는 상상까
지 했다.

연휴가 지나고 소식을 들은 동료와 지인 변호사들이 번갈
아가며 매일 변호사 접견을 들어왔고, 사무실에서도 후배 변
호사들이 놀라 찾아왔다.
그리고 집사람이 찾아왔다.
비로소 현실이라는 것이 느껴졌다.
나 자신의 충격뿐 아니라 나의 준비되지 않고 갑작스러운
부재가 밖의 모든 것을 뒤죽박죽으로 만들어놓았다.

내 인생에서 무슨 잘못이 있었던 것일까.

도대체 이 엄청난 신의 분노는 어디에서 기인한 것일까.

천천히 지난 시간을 되돌아보았다.

제1장

우리 딸 사랑해

01

그동안 참 열심히 살아왔는데

내 부모님은 두 분 모두 초등학교도 졸업하지 못하셨다. 어려서부터 온갖 고생을 하셨고, 결혼할 당시에도 각자 당신들의 집에서 거의 도움을 받지 못해 작은 단칸방에서 월세로 신혼살림을 시작하셨다고 한다. 아버지는 성실하시고 솜씨가 좋으셨던 목수였지만 일이 없는 날이 많아 결혼 후에도 가족들 끼니를 걱정해야 하는 날이 많았다고 한다.

내가 태어났을 때 아버지는 곧 출산을 앞둔 어머니를 위해 인근에 돈을 빌리러 나가셨고, 차가운 방에서 어머니가 혼자 나를 낳으셨다고 한다. 어머니는 마지막 힘을 다해 나를 낳으신 후 아이의 탯줄도 자르지 못하고 그대로 혼절하셨고, 마침 인근에 사시던 아버지의 고모님께서 조카며느리가 걱정이 되어 집에 들르셨다가 그 광경을 보시고 우시면서 급히 내 탯줄을 자르셨다. 그러면서 고모님은 저 아이가 과연 살 수 있을지 걱정하셨다고 한다. 이미 아이의 입술이 새파랗게 질려 울지도 않고 있어서….

나중에 아버지께 듣기로, 오후에 돈을 구하지 못해 힘없이 집에 들어왔는데, 아이가 자신을 말똥말똥 쳐다보는 눈빛이 마치 '저 사람이 내 아빠구나, 엄마랑 나랑 먹을 쌀 사오셨나' 하며 쳐다보는 것 같았단다.

갓 태어난 나를 바라보시는 심정이 어땠는지 짐작이 된다.

아버지는 이후 해외 건설현장에서 10년간 일을 하시며 돈을 버셨고, 어머니도 여러 일을 하시며 힘들게 사셨다. 하지만 워낙 없이 사는 살림이라 형편은 크게 나아지지 않았다. 명절에 친척들이 모이면 내 부모님은 구석에서 조용히 계시며 허드렛일만 하실 뿐 기를 펴지 못하셨다. 어린 마음에도 그런 모습이 참 가슴아팠고 반드시 성공해서 부모님을 잘 모시겠다는 생각을 가지게 되었다.

그런데 내가 학교에 들어가 공부에 두각을 나타내면서 조금씩 달라졌다. 모의고사에서 경기도 전체 5등을 하고, 각종 경시대회에서 상을 휩쓸며 명절 때 가족들이 모이면 자연스레 내 이야기가 자주 거론이 되었다.

"우식이(내 아버지의 존함이다) 아들놈이 그렇게 공부를 잘한다며."

"공부를 어떻게 시키는 거여, 환뱅이(충청도 어르신들은 날 그렇게 불렀다) 그놈 신통하네."

"우식이가 착하게 살더만 그래도 자식 복은 있네."

난 부모님의 유일한 희망이었고, 내가 할 일은 공부 잘해서 판검사가 되고 실력 있는 정치인이 되는 것이라 생각했다. 그러한 생각에 중고등학교 시절 나는 사춘기의 방황을 할 여유가 없었고 오로지 공부 외에는 우리 집안을 일으킬 수 없다고 생각했다. 대학교에 진학할 즈음, 형님은 우리 집 형편에 대학생 2명은 여력이 안 된다고 생각하시고 일찌감치 대학을 포기한 후 바로 산업현장으로 뛰어들었고, 여동생 역시 잘난 오빠를 뒷바라지하기 위해 생업전선으로 향했다.

고시공부를 하던 시절 어머니는 내 생활비와 책값을 벌기 위해 파출부 일을 다니셨고, 난 가족들의 희생에 보답하는 길은 빨리 사법시험에 합격하는 것뿐이라 생각하고 악착같이 공부했다. 어려서부터 왼쪽 귀의 청력이 아주 좋지 않아 공익근무요원으로 군대 복무를 대신했던 나는 소집해제 후 1년 만에 사법시험 1차에 합격했고, 그 이듬해 바로 사법시험 2차에 합격하면서 수험생활을 최단기간으로 끝낼 수 있었다. 사법시험에 합격한 후 대학교에 복학해야 했지만 대학교 졸업장을 위해 사법연수원 입소를 1년 미룬다는 것 자체가 사치로 여겨져 대학을 중퇴하고 바로 사법연수원에 입소했다.

총선에 출마했을 때 내가 고생한 것을 전혀 모르시는 분들은 내가 좀 귀공자처럼 생겨 부유한 집안의 자제로 여기시고 공익근무요원 경력이 혹시 집안의 누군가 힘을 쓴 것이 아닌지, 대학교 중퇴 경력이 데모하다 잡혀간 것은 아닌지 물어보셨다. 하지만 나의 이력들은 다소 고달픈 가정사이지만 열심히 살아왔음을 입증하는 나의 자랑스러운 '훈장'들이었다.

사법연수원에 입소한 후 나는 사법연수원생에게 발급되는 한도 1억 원의 마이너스 통장으로 부모님께 집을 사드리고, 가족들을 위해 내가 할 수 있는 일을 다 했다. 그야말로 '착하게 살았던 우식이네 집안에 말년 복이 왔다'고 할 수 있었다.

결혼할 즈음, 비교적 이른 나이에 사법시험에 합격한 나는 중매쟁이들에게 매력적인 신랑감이었다. 이 집안의 아가씨와 결혼하면 강남 아파트를 해준다고 하고, 저 집안의 아가씨는 건물주의 딸이라며 나를 부추겼지만 그다지 마음이 움직이지 않았다. 결혼 이후에도 중매쟁이들의 전화를 가끔 받았다. 장난기가 있으신 내 어머니는 그런 전화가 집으로 걸려 오면 "이미 했어요, 오늘 그 아들네가 놀러 와요" 하며 웃으시며 끊는다. 심지어 시댁에 들른 집사람이 그 전화를 받은 적도 있었다. 집사람 역시 장난스럽게 받았다. "그 사람 제 남편인데요. 아직은 데리고 살 만해요."

우연히 만난 지금의 배우자는 나와 정반대의 성격으로 유쾌하고 화통하며 대범했다. 나와는 너무 다른 모습에 끌렸고 1년 정도 연애를 한 후 결혼을 했다. 배우자는 평범한 집안의 여인이었기에 난 속칭 '혼테크'는 실패한 셈이었다. 하지만 열심히 살았고 내 능력으로 충분히 벌 수 있을 것이라 생각했다. 신께서도 그동안 나의 고생을 아실 것이고 그 와중에 쓰러지지 않고 버텨낸 것을 아시니 분명 내게 축복을 주시리라 믿었다. 그동안 내 삶의 궤적들이 힘들었지만 보람되었고 누구 앞에서나 떳떳하다고 할 수 있었기에 그에 상응한 일들을 이룰 수 있으리라 믿었다. 내 앞길은 이제 넓게 펼쳐져 있을 것이고, 무한한 가능성의 약속이 있을 것이라 믿었다.

하지만 첫 번째 시련이 찾아왔다. 결혼 후 4년이 지나도록 아이가 생기지 않았다.

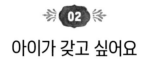

아이가 갖고 싶어요

집사람과 나는 아이를 간절히 원했고, 집안 어른들의 재촉까지 심해지면서 집사람이 아이 문제로 심하게 스트레스를 받았다. 집사람은 수시로 임신 테스트기를 사서 검사했고, 번번이 한 줄이 보일 때마다 극도로 우울해했다. 결국 집사람과 나는 병원에 가서 무엇이 문제인지 검사를 해보았다.

나는 상당히(!) 혈기왕성했고 둘 사이의 부부관계도 매우(!) 원활했기에 아무런 문제가 없으려니 생각했지만, 결론은 집사람은 아무 문제가 없고 내가 정자수가 부족해 임신이 힘들다는 결과였다. 의사 선생님은 자연적인 임신에는 시간이 좀 걸릴 것 같다는 진단을 내렸다. 아, 내가 '씨 없는 수박'이라니….

그때 처음으로 신을 진지하게 원망하며 내 고단한 인생을 한탄했다. 난 그저 열심히 산 죄밖에 없는데, 내가 그동안 나만을 위해 살았던 시간이 얼마나 된다고 이토록 힘들게 하시는지, 도대체 내 인생의 고단함은 어디가 끝인지…

눈물이 흘렀다.

집사람은 날 진심으로 위로했다. 그동안 스트레스의 원인이 나였건만 아이는 천천히 가지면 된다며 아무 걱정하지 말라고 말했다. 그리고 남성에게 좋은 음식을 챙겨주고, 이제는 아이 문제로 스트레스를 받지 않는 듯 행동했다. 가슴이 아팠다. 원망했던 신께 간절히 매달렸다. 이제는 나도 좀 행복해지고 싶다고. 최소한의 여유와 만족조차 나에게는 허용되지 않는 것이냐고.

그런데 불과 5개월 후 집사람이 임신을 했다. 의사 선생님이 판독을 잘못했거나 아니면 신께서 내 기도를 들어주신 것이리라. 아마도 후자일 것이다. 어머니가 나를 임신하셨을 때 집채만 한 호랑이가 집으로 들어오는 꿈과 관악산 정상에서 큰 빛에 휩싸이던 물체가 어머니 뱃속으로 들어오는 꿈을 꾸셨다는데, 우리 아이를 임신했을 때 집사람 역시 그에 못지않은 신기한 태몽을 꾸었다.

　어머니와 집사람은 크게 될 아이라며 기대감을 감추지 않았다. 처음 아이의 심장 고동 소리를 들었을 때를 잊지 못한다. 폭주기관차처럼 우렁찬 소리였다. 어느 정도 배가 불러온 집사람의 배를 만지다 아이의 발을 느꼈을 때 역시 경이롭기만 했다. 퇴근 후 집사람의 배를 만지며 인사를 하면 집사람의 배에서 움직임이 느껴져 아빠 목소리를 듣고 잠에서 깨었다며 집사람과 함께 웃기도 했다. 잠시 원망했던 신께 머리를 긁적이며 사죄를 해야 했다. 감사함으로 아이의 미래를 상상했다. 이제는 정말 행복한 일만 있으리라 생각했다.

　잠시 친정에 몸조리를 하러 갔던 집사람은 대학병원에서 간호사로 일하는 친구가 자기네 병원 의사 선생님이 초음파를 잘 본다며 검사를 권유했고 집사람은 흔쾌히 검사를 받았다. 그런데 의사 선생님이 청천벽력과 같은 말씀을 하셨다. 아이의 초음파에서 이상한 것이 보인다는 것이었다. 처음에는 아이의 심장이 왼쪽이 아니라 한가운데 있는 것 같다고 하셨다가 정밀한 판독 결과 선천성 담관낭종으로 진단하셨다.

담관낭종은 우리 몸의 소화기 중 담즙이 내려오는 길인 담도가 크게 부풀어 있는 것인데, 그냥 내버려둘 경우 나중에 췌장암으로 발전되어 치사율이 매우 높아지는 병이다. 20살 이전에 췌장암으로 돌이킬 수 없는 결과를 맞을 수 있다는, 무시무시한 경고까지 의사 선생님에게 들어야 했다. 어릴 적 보았던 하이틴 영화 <스무 살까지만 살고 싶어요>도 아니고….

아직 뱃속에서 태어나지도 않은 아이에게 예정된 잔혹한 운명은 나와 집사람에게 엄청난 시련으로 다가왔다.

다행히 미리 발견했으니 태어나면 바로 수술하기로 했고, 집사람은 건강하게 낳아주지 못해 미안하다며 울먹였다. 유치원 시절 딸아이는 아빠와 엄마가 야단을 칠 때면 이 말을 무기로 사용하곤 했다.
"건강하게 낳아주지도 못해서 나 태어나자마자 수술하게 했으면서 너무한 것 아니야."

그러면 집사람과 난 더는 아무 말도 할 수 없었다. 영악한 것….

하지만 초등학교에 들어가고 나서는 이제 그런 말을 하지 않는다.
그때 아빠, 엄마가 자신을 잘 치료해주고 간호해줘서 고마웠다고. 철든 것….

재발해서 병원에 입원했을 때 딸아이의 꿈은 소아과 의사였다.
자신과 같이 아픈 아이들을 보살펴주겠다고. 기특한 것….

그렇게 누구보다 사랑스럽고 착한 딸아이가 2011년 1월 31일 선물처럼 집사람과 나에게 찾아왔다.

우리 딸, 잘 버텨줘서 고마워

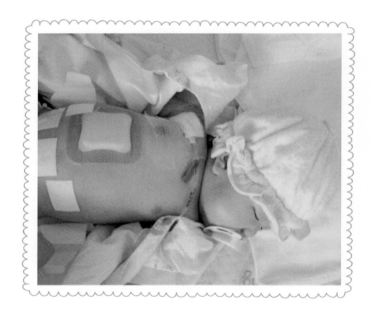

집사람은 태교와 아울러 관련 논문까지 찾아가며 담관낭
종에 대해서 공부했고, 어느 병원의 의사 선생님이 수술을 잘
할 수 있는지도 검색했다. 일반적인 수술 방법은 배를 여는
개복수술을 해서 담도를 절제하는 방식인데 집사람은 그러
한 방식을 거부했다. 건강하게 낳아주지도 못해서 미안한데
개복수술을 해서 큰 흉터를 남겨 젊은 시절 비키니 수영복조
차 입을 수 없게 만든다면 너무 미안할 것 같다는 것이다.

그래서 복강경수술로 수술 부위를 최소화할 수 있는 의사
선생님을 수소문했다. 신생아는 너무 작아서 로봇 수술은
할 수 없다고 하기에….

어른을 대상으로 복강경수술을 하는 것도 뱃속에서 시야
확보가 제대로 되지 않아 다소 난이도가 있다고 하는데 태
어난 지 50일밖에 되지 않은 작은 아이의 복강경수술은 훨
씬 난해한 수술이었다. 집사람과 나는 비용은 생각하지 않
고 오로지 아이에게 최선의 치료만을 해주고 싶었다. 그것이
아이에 대한 미안함을 조금이나마 갚을 수 있는 것이 아닌
가 생각했다.

그리고 그렇게 최선의 치료를 해주고 싶었던 것은, 비단 아이에 대한 미안함뿐 아니라 내 어린 시절의 경험 때문이기도 했다. 내가 초등학교 3학년 때 갑자기 맹장이 터졌던 기억이 난다. 금요일 밤에 맹장이 터졌는데 단순히 체한 줄 알고 바늘로 손을 땄고, 그래도 복통이 멈추지 않아 발까지 땄던 기억이 난다. 제대로 눕지도 못하고 먹는 족족 토했던 그 기억과 고통이 생생하다. 비용 문제로 응급실 진료는 생각지도 못했고 금요일 밤부터 월요일 아침까지 끙끙 앓다가 병원에 갔다. 이제는 부모님 모두 맹장을 의심하던 상황이었는데, 환자를 업고 갈 경우 맹장이 터질 수 있다는 말을 들으시고 병원까지 약 1㎞를 힘겹게 걸어갔던 기억이 난다. 병원에 들어서던 날 보던 의사 선생님들은 맹장이 의심스럽다는 어머니의 말을 웃으며 무시하였으나 엑스레이 촬영 후 맹장이 막 터지기 시작한 것을 보고 바로 응급수술을 시작했었다. 그때 우리 집이 조금 더 부유해서 바로 응급실로 갔다면 조금은 고통의 시간이 덜했을 텐데 하는 생각을 한동안 했었다. 그리고 그 기억 때문인지, 아빠로서 아이로 하여금 우리 집이 조금 더 넉넉했더라면 하는 생각을 갖지 않게 해주고 싶었다.

아이는 가톨릭성모병원에서 복강경수술을 하기로 했고 태어난 지 50일이 채 되지 않아 입원을 했다. 혹시나 아이가 수술 후 힘겨워하며 울 때 집사람이 병실 내 다른 환자들의 눈치를 보게 될까 1인실로 부탁을 했다. 병원에 가기 전 아이의 얼굴을 찍은 사진이 있다. 아빠, 엄마는 잔뜩 긴장한 얼굴을 애써 감추며 아이를 바라보고 있었고, 아이는 그것을 아는지 의아한 표정으로 말없이 우리를 번갈아 보았다….

'오늘따라 아빠, 엄마가 왜 저리 긴장하지' 하는 표정으로….

아이가 처음 병실에 들어섰을 때 창밖으로 인근의 호텔과 건물들의 불빛이 눈에 들어왔다. 비록 신생아였지만 아이는 저 멀리 보이는 번쩍번쩍하는 불빛과 새로운 환경이 좋았는지 펄쩍펄쩍 뛰며 웃었다. 그 모습을 보는 나와 집사람의 심정이란….

머칠 후 여러 검사를 마치고 아이는 아침 일찍 수술실로 들어갔다. 전날부터 금식을 하여 배가 고팠던 아이는 힘없는 소리로 울며 애타게 엄마의 젖가슴만 찾았다. 집사람은 차마 수술실에 들어가는 아이를 보지 못했고, 내가 수술가운을 입고 아이가 마취될 때까지 수술실 바로 옆 대기실에서 아이와 함께 있었다. 나 역시 눈물을 삼키며 작게 아이를 위해 노래를 불러주었고 어느 순간 아이는 깊은 잠에 들었다.

약 4시간가량 지났을까, 온몸이 땀에 흠뻑 젖은 노교수님께서 나오셔서 수술이 잘 끝났다고 말씀해주셨고, 잠시 후 교수님 뒤로 아이의 수술 베드가 나오는 모습이 보였다. 온몸에 수십 개의 줄이 연결되어 있었고 힘겹게 숨을 헐떡이며 눈을 감고 있는 모습은 집에서 늘 행복하게 바라보던 천사의 자는 모습이 아니었다. 뒤늦게 오신 나의 어머니와 집사람은 함께 오열했고, 우리는 그저 아이의 손을 잡아주는 것 외에 아무것도 할 수 없었다.

병원에서 약 3주간 지내면서 경과를 보기 위해 피검사를 비롯한 여러 검사를 했다. 소아병동에서는 피검사를 하는 날이면 곳곳에서 아이들과 엄마들의 우는 소리 그리고 아빠들의 성난 목소리가 들려온다. 워낙 아이들의 혈관이 작다 보니 한 번에 피를 뽑는 것이 쉽지 않기에 안타까움과 분노의 목소리들이 많다. CT 촬영을 할 때도 어른과 달리 아이들은 낯선 환경과 기계의 커다란 소음을 무서워하고 촬영 시간 내내 가만히 있지 못해서 수면제를 맞고 귀마개를 한 채 촬영을 해야 했다. 매번의 검사가 시련이었다. 집사람 역시 산후조리도 제대로 하지 못한 상태에서 많은 고생을 했다. 특급 호텔 숙박료보다 비싼 1인실이라고 해도 결국은 병원이었다.

하지만 담즙이 원활하게 배출되고 각종 장기가 빠르게 회복되는 모습을 보면서 감사할 수 있었다. 옆 병실의 아이들 중에는 치명적인 질병으로 삶과 죽음의 기로에 서 있는 아이들도 있었고, 반복된 입원과 퇴원의 상황에서 부모와 아이 모두 지쳐 있는 모습들도 보였는데 그래도 우리는 좋은 결과를 얻을 수 있어 감사하다는 생각뿐이었다.

아이는 칭얼대는 것 없이 잘 버텨주었다. 그 힘든 피검사를 할 때도 바늘이 들어갈 때 살짝 '응애' 하고 우는 것 외에는 엄마를 힘들게 하지 않았다. 잠도 잘 자고 우유도 잘 먹고, 힘든 엄마에게 방긋 웃어주면서 아무 걱정하지 말라는 제 나름의 의사표시를 하는 것 같았다. 무사히 퇴원해서 아이를 안고 다시 집으로 돌아가는 길은 너무나 감사했고 행복했다.

다시는 아프지 않기만을 기도했다.

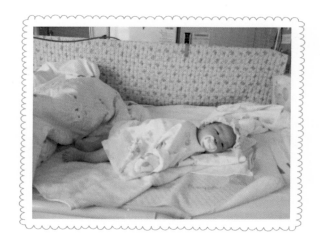

그런데 5년 후 다시 그 병이 재발했다. 담즙이 제대로 배출되지 않으며 아이의 분홍빛 피부는 점점 노래지기 시작했고, 눈동자 역시 황갈색으로 변해갔다. 변의 색깔에는 회색빛이 조금씩 감돌기 시작했다. 아이는 자주 토했고, 항상 뱃속이 더부룩한 상태로 답답함을 이야기했다. 나중에 의사 선생님께 들으니 아이가 느끼는 기분은 어른들이 욕조에 몸을 담그고 목만 내밀고 있을 때의 답답함이라고. 얼마나 답답했을지 짐작이 간다. 그래도 아이는 힘든 표정 하나 보이지 않았다. 그 당시 나와 집사람은 한창 내가 국회의원 선거

에 출마해 바쁜 시기를 보낼 때였기에 행여나 아이에게 제대로 관심을 가져주지 못해 아이의 병이 재발한 것은 아닌지 많이 자책했다.

급히 의사 선생님을 수소문했다. 처음 아이를 수술했던 병원에서는 아이의 병을 전공하는 후임 소아외과 선생님이 없어서 이후 제대로 관리가 될지 우려가 되었기에 다른 의사 선생님을 다시 수소문했던 것이다.

그리고 다행히 서울대 어린이병원에서 아이를 봐줄 수 있다고 해 서울대 어린이병원에 입원했다. 약 3주간의 입원과 2차례의 시술을 거쳐 아이는 회복했다. 6살이 된 아이는 이제 칭얼거리고 투정을 부릴 법도 하지만 병원 생활에서도 자신이 해야 할 공부를 하였고, 여전히 엄마를 힘들게 하지 않는 착한 딸이었다. 의사 선생님은 똑똑하고 차분한 아이를 너무도 예뻐하셨고, 아이 역시 소아외과 선생님들에게 막연한 동경을 가지며 자신 역시 아픈 아이들을 위해 의사가 되겠다는 생각을 하기도 했다. 그리고 이후로는 재발 없이 건강하게 잘 지내고 있다.

두 번의 큰 수술과 여러 차례의 응급실 치료에도 불구하고 아이는 여느 아이와 다름없이 지내고 있다. 자기는 잠깐 아팠을 뿐이고 이제는 아무 문제가 되지 않는다는 듯 말이다. 그리고 매 학년 우수한 성적을 놓치지 않고 선생님들의 인정을 받으며 또 다른 기쁨이 되어주고 있다.

시련을 잘 버틴 것 뿐 아니라 당당히 이겨내고 자신이 이제 주변에 선한 영향력을 끼치겠다는 아이의 모습은 오히려 나에게 큰 감동이었다. 고마워, 우리 딸.

그리고 아이는 우리에게 더 큰 것을 깨닫게 해주었다.

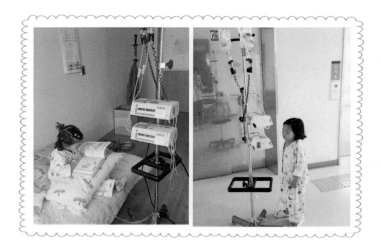

04

돌사진이 없는 우리 딸

⎍⎍⎍⎍⎍⎍⎍⎍⎍

수술 후 경과 관찰을 위해 병원에 갔을 때 우리 옆자리에 수녀님께서 한 아이를 안고 계셨다. 수녀님께 어떤 사정인지 조심스레 여쭈었고 그 사정을 들을 수 있었다.

"우리 J는 미혼모인 어머니가 꽃동네에 두고 간 아이예요. 그런데 소아마비가 와서 치료 받으러 왔어요. 꽃동네 아이들은 가톨릭성모병원에서 무료로 진료를 해주거든요."

참 다행이다 싶었다. 재활치료 잘 받으면 조금은 불편하지만 그래도 걸을 수 있으리라 생각했기에…. 그런데 이어진 수녀님의 말씀에 큰 충격을 받았다.

"우리 J는 이제 평생 누워 지내야 해요. 병원에서도 예산에 한계가 있다 보니 한 아이에게 많은 치료를 해줄 수 없어요. 그 아이가 죽지 않고 살 수 있을 정도의 치료밖에는…. 이 아이가 걷기 위해서는 꾸준히 재활치료도 하고 보조장치를 매년 바꿔줘야 하는데 그 정도 예산이 없거든요."

그날 집에 들어온 집사람과 나는 많은 생각을 했다. 우리 아이가 아픈 것은 정말 미안했지만, 그래도 우리 아이는 부모 밑에서 최선의 치료를 받을 수 있었고 흉터가 걱정되어 보통 수술의 4~5배나 되는 비용을 들여 복강경수술을 받고 1인실에서 도움을 받을 수 있었다. 그런데 어떤 아이는 부모한테 버림받은 것도 속상한데 나을 수 있는 병임에도 제대로 치료를 받지 못해 평생 누워서 살아야 한다는 것이 너무 미안했다.

다음 날 집사람은 꽃동네에 전화했다. J가 걸을 수 있을 때까지 재활치료와 보조장치 비용을 다 우리가 부담하겠다고. 집사람은 내게 말했다.

"우리만 생각하며 살지 말자. 우리 딸한테 이런 일이 있었던 것은 다른 아이들을 돌보라는 의미가 있을 거야. 우리가 우리 딸한테 쓴 만큼 다른 아이들한테도 쓰자, 여보."

이후로 집사람은 몇 명의 아이들을 소개받고 그 아이들의 치료비와 보조장치 구입비 등을 지원해 주었다. 처음 몇 년 동안에는 매년 1천만 원 가량을 지원했다. 우리 형편이 넉넉해서 그랬던 것은 결코 아니다. 이미 나에게는 억대를 훌쩍 넘는 부채가 있었고 우리 소유의 집도 없었다. 당시 내 연봉은 1억 조금 넘는 수준이었으나 세금 빼고 대출이자 갚고 나면 여유 있는 삶은 아니었다. 그래도 나는 집사람의 결정에 그대로 따랐다.

딸아이 돌잔치 하는 데 보태 쓰라며 장모님께서 2백만 원을 보내주셨는데, 집사람은 그 돈을 미혼모 시설의 어머니가 시설에서 나와 독립할 때 도움이 되라며 보내주었다. 돌잔치 한다고 사람들 불러서 밥 먹고 옷 입고 사진 찍어봤자 아이만 피곤하고, 오는 손님들께 괜한 부담만 드리는 것이니 차라리 의미 있게 쓰자는 것이 집사람의 뜻이었다.

그래서 우리 아이는 돌사진이 없다. 아이가 초등학교 2학년 때 학교에서 활동을 위해 돌사진을 가져오라고 했고, 아이가 자신은 왜 돌사진이 없느냐고 묻기에 이렇게 대답했다.

"생일잔치 하려고 했는데 어떤 아이가 아파서 그 아이 병원비로 보내줬어."

아이는 다음 날 돌사진 대신에 돌 즈음에 찍은 사진을 들고 가서 아빠에게 들은 이야기를 했고, 선생님께서 반 아이들 앞에서 칭찬해주셨다고 아이가 자랑했다.

그리고 아이에게 처음 우리가 도와주었던 J의 사진을 보여주었다.

J가 보조구를 착용하고 처음 혼자 힘으로 서서 걷는 모습의 사진이었다.

수녀님께 처음 그 사진을 받고 얼마나 흐뭇했었는지.

이후 J는 어떤 가정으로 입양을 갔다고 들었다.

우리 아이가 행복한 만큼 J도 행복하게 지내리라 믿는다.

집사람은 지금도 꾸준히 여러 시설에 후원하고 있다.

대부분의 시설들은 복지의 사각지대에 놓여 있는 시설이거나 복지 혜택이 미치지 못하는 곳들이다. 기부금 영수증을 발행하지 못하거나 기부금 대상이 되지 못하는 기부에는 도움의 손길이 매우 부족하다고 하여 집사람은 그러한 시설을 주로 찾아다니고 있다.

명절이 다가오면 나에게도 많은 선물세트가 들어온다. 처음에는 조금씩 자리를 잡아가는 내 모습의 결과려니 하고 내심 즐겼다. 그러다 언제부터인가 과일 상자 1~2개 정도 외에는 모두 모아서 시설에 가져다드렸다. 명절 기분 내시며 맛나게 드시라고 말이다. 내가 조용히 그러한 일을 하는 것을 보고 내 지인들 중에도 자신의 명절 선물을 같이 보내주는 이들이 있었다.

우리 아이는 성품이 참 좋다. 미운 7살, 초등학교 4학년의 사춘기라고 하는데 그동안 투정 부려본 적 없이 항상 침착하고 차분하게 자신의 모습을 만들어가고 있다. 반 아이들에게도 착하고 똑똑한 아이로 인정받으며 친구들에게 호감을 받고 있고, 선생님께서도 학부모 상담 때 아이가 병을 이겨낸 이야기를 듣고 현재의 모습을 보시며 크게 감동받으시고, 더 각별한 애정을 쏟아주신다.

어려서 큰 병을 이겨낸 의지, 커가면서 자연스레 지켜본 엄마의 나눔이 아이의 올바른 성품 형성에 크게 기여했다고 확신한다.

돌사진은 없어도 더없이 행복하게 웃고 있는 평범한 사진은 아이에게 자랑이고 긍지였다. 그 자랑과 긍지가 아이의 성품을 더 풍성하게 했고, 더 많은 사랑을 받으며 어떤 상황에서든 좌절하지 않도록 버팀목이 되고 있다.

돌사진 없으면 어떤가, 세상에서 가장 풍성한 돌잔치를 했는데.

05

첫 번째 선물이 준 의미

신이 인간을 수양시켜 겸손해지게 하기 위해 자식을 선물하셨다는 글을 본 적이 있다. 자식 때문에 짜증이 나고, 화가 나기도 하고, 부모의 뜻대로 되지 않는 모습에 심한 분노가 치밀더라도 부모로서 자신의 어린 시절을 반추하며 오롯이 감수하고 받아들이며 수양하라는 뜻이란다. 하지만 나에게 있어서 자식은 그동안 성실히 살아온 것에 대한 신의 선물이었고, 수양이 아니라 자식을 보며 배우고 감사하라는 스승이었다.

2011년 1월 31일 우리에게 찾아온 아이는 장난기 많은 아빠를 가끔씩 한심하다는 듯 쳐다본다. 아빠가 조금 똑똑해서 수학 숙제와 사회 숙제에 있어서는 최적의 도움이라고 인정하지만 언제나 철들까 하며 아빠를 보살펴야 한다고 생각한다. 엄마는 다소 복잡한 수학 문제들을 푸는 것은 귀찮아하며 아빠에게 가라고 하지만 한없이 자상하고, 자신의 요구는 무엇이든 들어주는 착한 엄마라고 생각한다. 그리고 엄마가 다소 덤벙거리기에 가끔은 자신이 주의를 주어야 한다고 믿는다. 음식물 유통기한을 챙기거나 집안의 불을 잘 끄고 전기 코드를 뽑았는지 등…. 그렇게 아이는 자신이 아빠와 엄마를 위해 해야 할 역할을 인지하고 있다.

혹자는 자식은 부모의 전생이고, 가족은 전생의 원수라고 하는데, 우리 아이는 우리의 부족함을 깨닫게 해주고 우리의 눈을 열어주는 선물이었다.

아이를 쉽게 가질 수 없을 것이라는 진단을 받고 낙망하며 맘껏 신을 원망하고 좌절했더라면, 아이의 병을 발견하고 왜 이렇게 되는 일이 없냐며 짜증만 냈더라면, 아이가 수술할 때 수술비에 버거워하며 한숨을 내쉬고 의기소침했다면, 아이의 병이 재발했을 때 하늘을 향해 정말 해도해도 너무하시네요 하며 분노하고 슬퍼하기만 했다면….

그랬다면 아마도 내 삶은 계속해서 피폐해져갔을 것이고 차갑게 경직되었을 것이다. 그런데 착각일지도 모르지만 그런 순간마다 아이는 잔잔한 미소를 지으며 나를 바라보았고 마치 '아빠, 아무것도 아니야. 힘내, 아빠가 해야 할 일이 있고, 더 크게 깨닫게 될 것들이 많아'라고 말하는 듯했다.

신께서는 감당할 수 있는 시련만을 주신다고 한다. 그리고 그 시련 후에 더 큰 인내와 연단으로 훌륭하게 쓰임받도록 하신다고 한다.

아이는 내게 가족의 소중함과 나눔의 위대함을 깨닫게 해주었다.

그 작은 몸으로 여러 차례 시련을 이겨내고 이제는 아무 일 없이 건강하고 똑똑하게 자라면서 잘 자라주어 고맙다는 정도가 아니라, 아이로 인해 내 시선이 넓어지고 주변을 둘러보도록 하는 여유를 갖게 해준 것이다.

새옹지마, 전화위복이라고 하지만 가장 중요한 것은 시련을 대하는 나의 자세라고 생각한다. 막연히 잘되겠지, 내가 의지만 있다면 돌파할 수 있겠지 하는 것이 아니라 이 시련을 통해 내가 무엇을 깨달아야 할 것인가, 이 시련이 내게 무슨 의미가 될 것인가를 생각할 때 삶이 달라지는 것이다.

낙관적인 태도와 의지만으로도 일정 부분 환경이 달라질 수는 있을 것이다. 그러나 그러한 환경의 변화는 위기의 돌파일 뿐이고, 거듭된 위기가 찾아올 때 삶의 고단함을 느낄 수밖에 없을 것이다. 시련을 대하는 태도가 달라지고 시선이 바뀐다면 매 순간 하나하나의 시련이 의미가 되고 그 개별적인 의미들이 나를 좀 더 풍성하게 바꿔줄 것이리라.

시련이 닥쳤을 때 단순히 아파하고 해결에 급급할 것이 아니라 이것을 통해 나의 삶을 이렇게 수정해야겠다, 이제는 이렇게 바라봐야겠다 하는 것이 결국 올바른 방향이 아닌가 싶다.

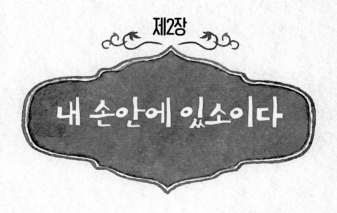

제2장

내 손안에 있소이다

성공시대

조선왕조실록에서 왕족을 제외하고 가장 많이 언급된 인물은 우암 송시열 선생이고, 그 다음이 한명회라고 한다. 조선 최고의 모사이자 책략가로 평가받는 한명회는 세조, 예

종, 성종의 3대에 걸쳐 권력의 최정점에 서 있었고, 네 번이나 일등공신으로 채택되었다. 그는 세조의 장자방으로 가장 총애받는 신하였고, 예종과 성종의 장인이기도 했다. 오래전 〈한명회〉라는 드라마에서 한명회가 호기롭게 '(세상사가) 바로 내 손안에 있소이다'라는 명대사를 하기도 했다. 실제로 세조실록에도 비슷한 표현이 나온다.

'한명회가 주상의 신임하는 바가 되어 팔도의 군사를 통솔하고 형벌과 상 주는 것이 손안에 있었다.'

한때 나 역시 인생을 계획하고 큰 오차 없이 예정대로 수행하며 세상에 대한 자신감으로 가득 차 있었다. 과외나 비싼 학원 수강 없이도 재수하지 않고 연세대학교 법학과에 합격했고, 공익근무요원 소집해제로 병역의 의무를 다한 후 본격적으로 사법시험 준비를 시작해서 1년 만에 1차 합격, 그 이듬해 2차 합격으로 성공신화를 시작했다.

변호사로 활동을 시작하면서 첫 직장에서 M&A와 경영권 분쟁에 두각을 나타냈고, 한 공기업의 창사 이래 최고액의 소송을 맡아서 국내 대형 로펌의 스타급 변호사로 무장한 상대방과 4번의 분쟁을 모두 승소했다. 이직한 후에도 금융 소송 분야에서 실력을 발휘할 수 있었고, 사상 최대의 주가조작 사건, 각종 금융 파생상품과 관련된 소송 등을 담당했다.

이후 변호사 1만여 명이 있는 서울지방변호사회 회장 선거에서도 두 번의 선거에 관여하며 모두 승리로 이끌었다. 어떤 공약을 내세우면 표심을 움직일 수 있을지, 어떤 변호사와 손을 잡으면 어떤 모임의 표를 끌고 올 수 있을지 전략을 짰고, 운이 좋게도 예상대로 일이 흘러갔다. 차기 서울지방변호사회 회장에 출마하는 것이 어떤가 하는 권유도 많이 받았다. 그리고 활발한 사회활동을 하며 방송 출연도 시작했다. 딸아이 4살 때, 이미 딸아이에게는 텔레비전에 나오는 아빠의 모습이 더 이상 신기하지 않았다.

"딸, 아빠가 뭐 하는 사람이지?"

"변호사!"

"그래, 그럼 변호사는 뭐 하는 사람이야?"

"응, 방송하는 사람!"

나는 승승장구했고, 세상사가 내 계획대로 된다는 착각

을 확신하게 되었다. 중요한 것은 '가슴'보다 '머리'라고 생각
했다.

2015년 겨울, 당시 여당이던 새누리당에서 2016년 총선에
출마하지 않겠느냐는 제안을 받았다. 나는 기회가 좋다고
판단했다. 당시만 해도 새누리당의 180석 승리를 예상하던
상황이었고, 여당 콘크리트 지지층의 결집은 견고했다. 더욱
이 야권의 분열이라는 상황까지 발생하면서 승리를 위한 완
벽한 구도라 생각되었다. 거기에 나는 성남시에서 35년을 살

아오며 초등학교, 중학교, 고등학교를 졸업했고, 내 본적은 충청도, 집사람은 호남, 새누리당의 지지기반은 영남이라는 사실까지 더해진다면 다양한 전략으로 광범위하게 득표할 수 있을 것이라 생각했다.

아직 준비가 되지 않았고 너무 이르다는 가족들의 반대가 있었지만 나는 이제야말로 때가 왔고, 내 계획에 충분히 부합한다고 강변하며 출마 결심을 굽히지 않았다. 처음에는 모든 것이 순조로웠다. 당 대표의 '인재영입 1호'로 언론의 주목을 받으며 입당을 했고, 주변에서 빠르게 사람들이 모였다. 동문회와 지역 향우회, 새로운 인물을 요청하던 지역의 당원들에게 나는 매력적인 존재였다. 방송을 하면서 지나치게 편향된 발언을 하지 않았기에, 중도층 및 내가 소속한 당을 좋아하지 않는 분들도 나에 대한 지지를 보내는 것을 느낄 수 있었다.

수십 년의 정치 경력을 가진 분들이 공천 신청을 했고 공천과 관련한 여러 소식을 접하면서 잠시 처음으로 내가 틀릴 수 있다는 생각을 했지만, 집권 여당 정도의 안목이라면 반드시 내게 공천을 줄 수밖에 없다 믿었고 결국 공천을 받았다. 역시나 내 판단과 계산은 정확하다고 또다시 자부했다.

선거는 인물, 구도, 의제설정으로 결정된다는데, 새 인물에 대한 욕구, 야권 분열이라는 구도, 교체심리 및 토박이 일꾼론이라는 의제설정은 필승의 카드로 보였다. 선거운동을 하면서 오로지 나 홀로 선거에서 이길 것으로 믿었다. 어려서부터 계획해 온 정치의 일정표, 그리고 신께 받은 소명을 생각해 기적을 연출하리라 믿었다. 그러나 가족들과 지인들은 쉽지 않은 선거, 준비되지 못한 자세, 남의 말을 듣지 않고 너무 고집이 센 후보에 대한 걱정을 하고 있었다.

그리고 선거운동에 막 돌입해야 할 시점에 중앙당에서의 공천 잡음이 불거졌고, 이른바 '옥쇄 들고 나르샤' 파동까지 번지면서 선거의 양상은 급격히 변해갔다. 180석 대승을 예상하던 기대는 참담하게 무너졌고, 나는 약 1만 표 차이로 낙선하고 말았다. 주변에서는 험지출마라는 점과 이전 선거 결과 등을 감안해 충분히 선방했다고 위로했지만 나는 내 패배를 도저히 이해할 수 없었다.

어쩌면 모두가 당연히 예감하고 있었고, 도대체 후보가 무엇을 믿고 저렇게 승리를 장담하는지 의아해할 때 나 혼자 내 머릿속의 계획에 사로잡혀 있었고, '세상사가 바로 내 손안에 있소이다' 하는 자신감으로 상황을 잘못 판단했던 것이다.

출구조사 결과와 개표 현장에서 전해 오는 소식들은 서서히 내 판단이 틀렸음을 여지없이 확인시켜 주었고, 나는 도대체 무엇이 문제였는지 혼란스러웠다.

그렇게 두 번째 시련이 찾아왔다. 내 인생에 있어서 첫 패배를 맛보게 된 것이다.

07

정치인에게 필요한 것은 계산이 아닌 진정성

선거운동 기간 중 그야말로 '명함을 뿌리고 다닌다'고 하는데 만나는 사람마다 열심히 명함을 돌리고 운동원들까지 열심히 명함을 돌려도 3만 장 내외가 된다. 물론 명함을 받았다고 해서 다 나를 찍는 것도 아니고 동선이 겹치면서 내 명함을 3~4번 받는 분들도 많다. 지나면서 악수라도 한번 하고 눈인사라도 마주친 분들은 3천 명 정도가 된다. 역시나 악수하는 분들 중에는 선거 때 통과의례로 생각하고 노력이 가상해서 손 내밀어 주시는 분들도 많을 것이다. 적어도 차 한잔하며 10분이라도 대화하며 변환봉이 어떤 사람이고 어떤 정치를 생각하는지, 내 모습을 제대로 보여드릴 수 있던 분들은 3백 명 정도가 되지 않을까 싶다.

그런데 나는 무려 3만 표를 얻었다. 당선에 필요한 4만 표에는 못 미쳤지만 예비후보 시절과 공천받아 정식 선거운동을 한 총 3달 남짓 내가 들인 노력에 비한다면 엄청난 결과물이었다. 원래 보수당을 지지해서 후보는 보지도 않고 당 기호와 색깔만 보고 찍으신 분들도 있겠지만 그래도 대부분 나에게 표를 주신 분들은 적어도 변환봉이라는 이름을 알고 있고 어떤 사람인지는 알고 표를 주셨다. 나는 고작 3백 명 정도에게 나 자신을 보였을 뿐인데 말이다. 참 기묘한 결과다.

선거는 후보자가 유권자의 표를 사는 것이다. 그 표를 사는 대가는 무엇일까?

꼭 필요한 공약? 인물론? 정치공학에 의한 구도설정?

아마도 그동안 나는 머릿속에서 여러 계산을 하며 위와 같은 답들만 생각했던 것 같다.

그런데 정작 정치인에게 가장 중요했던 것은 바로 진정성이었다. 제한된 시간에 나를 보여줄 수 있는 사람이 겨우 3백 명이라면 그 3백 명이 각자의 활동영역에서 자신들의 지인들 1백 명에게 나에 대한 이야기를 하고, 이야기가 퍼져나

갈 때 내 지지자 3만 명은 나와 교감하는 3만 명이 되는 것이다.

나는 이것을 간과했다.

단순히 어느 모임의 누가 영향력이 있고, 어떤 지역에 어떠한 공약이 먹혀들어갈지만 생각했을 뿐 내 자신을 보여주는 것에 대해 제대로 생각하지 못한 것이다. 어느 정도 작은 규모의 선거이거나 아니면 정말 천재적으로 머리가 비상해 계획된 진정성으로 포장할 수 있다면 아마도 한두 번의 승리는 맛볼 수 있을 것이다. 하지만 그런 계산적인 모습으로는 오래도록 인정받는 정치인은 될 수 없다.

정치인은 스스로 상황을 만들어내는 것이 아니라 상황이 만들어지고 시대의 흐름이 있을 때 용기 있게 올라타야 하는 것이다.

그때까지는 기다려야 한다.

지나치게 빠른 셈으로 남들보다 먼저 움직이다 종국에는 '철새'라고 불리는 정치인들, 이른 나이에 국회의원이 되었다가 이후 갈피를 잡지 못하고 여의도의 정치 낭인이 되는 사람들, 여의도의 문법에 익숙해 권모술수에만 밝은 사람 등을 보노라면 준비되지 못한 자세를 가진 사람들이 얼마나 국가와 국민에 해를 끼치는지 알 수 있다. 그런 점에서 정치인에게 필요한 자질이 무엇인지 알지 못하고 아직 준비되지 못한 내가 시련을 겪게 된 것은 정말 다행스러운 일이라고 고백한다.

또 한 가지, 진정성의 연장선상에서 내가 간과했던 부분이 있었는데 정치인의 실력이라는 부분이었다. 나는 실력 있는 정치인이 되고자 했다. 꼭 필요한 정책을 만들고 전문 관료들과 깊이 있게 토론하는 모습을 상상했다. 그때 여러 선배 정치인들이 내게 말을 했다.

"변위원장님 말씀처럼 정치인의 실력은 매우 중요합니다. 그런데 그것이 전부는 아닙니다.

실력을 가장 우선순위로 둔다면 서울대 졸업하는 1등부터 300등까지, 아니면 각 분야 국내 최고 전문가들을 국회의원 시키면 되지 않을까요.

정치인에게 가장 중요한 자질은 국민들의 목소리를 잘 듣는 '귀(경청)', 올바른 정책을 선별할 수 있는 '눈(능력)'과 상대와 협상해 그 정책을 관철시킬 수 있는 '입(협상력)'입니다.

정책을 만드는 것은 보좌진, 국회의 전문위원들, 정부 관료들이 할 일이고, 국회의원은 국민들에게 무엇이 필요한지 판단하고 그 대안으로 올바른 정책을 선별해서 실행할 수 있도록 하는 것입니다.

그렇기에 국회에 여러 계층의 다양한 사람들이 들어와 다양한 목소리를 내고 그들이 협상해 정책을 통과시키는 것입니다.

국회의원이 사무실에 앉아서 직접 법안을 만들고 정책을 만들고 있다면 그건 올바른 모습이 아닙니다.

경청하고 살펴보고 선택하고 실행되도록 하는 것이 바로 국회의원의 일입니다."

그 순간 머리를 한 대 맞은 듯 멍했던 기억이 난다.

내가 실력이라고 믿고 우선시했던 것들보다 더 중요했던 것은 진정성과 그것을 통한 교감, 공감이었던 것이다. 선거에서 아무리 매력적인 후보였다고 하더라도 이러한 요소가 간과된다면 결코 선택받을 수 없다는 것을 알았다.

선거운동 시절 내가 유세를 했을 때 뒤쪽에서 듣고 있던 집사람이 주변 아주머니들의 이야기를 듣고 선거 후 내게 전해주었다.

"확실히 후보가 똑똑하고 말 잘하고 다른 사람들과 다르다는 것은 알겠는데…

그런데 우리한테 무엇을 해주겠다는 것인지, 아직 우리가 필요로 하는 것에 대해서는 모르고 있다는 느낌이 든다."라고….

아마도 이것이 내 패배의 이유였고, 내가 간과했던 것들에 대한 가장 냉정한 평가가 되리라 생각한다.

우리 사회에서는 정치인들에 대한 불신이 가장 높고 정치인들의 말을 신뢰하지 않는 경향이 강하다. 그런 정치인들이 가장 뼛속 깊이 체감하는 말이 있다. 여러 선배 정치인들과 이야기를 나누며 공통적으로 들었던 이야기였다.

"선거로 표출된 국민의 뜻은 언제나 옳고 준엄했다."

경력이 오래될수록 정치인들은 국민을 정말 무서워하고 있

었고, 그렇기에 진정성이 없다면 정치인으로 오래도록 살아
남을 수도 없는 것이리라.

08

골목길에서 만난 사람들

ᒫᒫᒫᒫᒫᒫᒫᒫᒫ

내가 출마를 결심하고 난 후 집사람은 홀로 성남시 수정구의 뒷골목 구석구석을 돌아다녔다고 한다. 남편이 하려는 일이 무엇인지, 무엇을 할 수 있을지 궁금했고, 남편이 어린 시절 돌아다녔던 곳들도 한번 보고 싶었던 것 같다. 한나절 가량 이곳저곳 발길 닿는 대로 정처 없이 걸었고 집사람은 집으로 돌아오는 차 안에서 잠시 눈물을 흘렸다고 한다. 모두들 일터로 나갔는지 대로변이 아닌 뒷골목에는 인적이 거의 없었고 가끔 햇빛을 쬐며 멍하니 앉아 있는 나이든 어르신 몇 분만을 뵐 수 있었다고 한다. 과연 무엇을 할 수 있을지, 어떻게 이분들께 활력을 줄 수 있을지 막막했고, 굽이굽이 좁은 도로, 비탈진 골목길 등 무엇 하나 제대로 해결할 수 있을까 하는 답답함이 느껴졌었다고. 출마하겠다고 결심한 것은 나였지만, 집사람이 먼저 바닥을 보러 다녔던 것이다.

　나는 출마를 결심하고 지역의 선배 정치인, 지역 언론인들과 각종 단체의 간부들을 만나 인사를 다니느라 바빴는데 집사람은 오히려 내가 가고자 하는 지역의 정서를 느끼러 갔었다. 선거운동 과정에서도 집사람은 빨간 점퍼를 입고, 자원봉사자 한 분과 함께 뒷골목 구석구석을 다녔다. 골목길을 걷다 할머니를 만나면 잠시 손을 잡고 이런저런 이야기를 나누었고, 동네 미용실에서 아주머니들과 한참 수다를 떨고 오기도 했다. 다른 사람들은 내게 성남시의 정책과 관련한 거창한 민원이나 공약을 들고 왔지만, 집사람은 어느 동 골목길 가로등이 꺼져 있는지 알렸다. 쓰레기 수거가 제대로 되지 않아 악취가 나는 곳의 주소를 가져오며 살펴봐 달라고 했다.

　내가 골목길을 지날 때 집사람이 두 번이나 다녀갔다며 오래전부터 아는 사람인 듯 반갑게 맞아주시는 분들을 보며, 처음에는 집사람의 방식이 너무 느린 것이 아닌가 싶었지만 그 은근하고 광범위한 효과에 놀랄 수밖에 없었다.

이전에 전혀 알지 못했던 분들이 텔레비전에서 보고 좋았다며 아무 대가 없이 열심히 자원봉사를 해주시고, 자신의 지인들에게 날 홍보해주는 모습은 정치인이라는 자리가 얼마나 막중한 책임감을 가지고 살아야 하는 자리인지 느끼게 해주었다. 어쩌면 그분들이 세상에 대해 목소리를 낼 수 있는 유일한 통로가 되고 그렇기에 자신들이 할 수 있는 한 자신들을 대변할 수 있는 사람이 뽑히도록 돕는 것이 그분들이 할 수 있는 유일한 일이기에 그렇지 않을까 싶다.

식당에서 밥을 먹다가 옆자리에서 어머니가 어린 아이에게 하는 이야기를 듣고 울컥했던 적이 있다.

"저기 계신 분이 이번에 우리 지역에 국회의원 후보로 나오신 분이야.

너처럼 하원초등학교 나오셨어."

"와, 정말? 그럼 나도 나중에 국회의원 나갈 수 있겠네."

"그럼! 여기서도 공부 열심히 하면 얼마든지 네가 하고 싶은 것을 다 할 수 있어.

그러니 너도 열심히 하자."

내가 누군가에게 롤모델이 될 수 있다는 것, 어느 순간부터 이미 내 삶은 나만의 것이 아니라는 것을 느낄 수 있었다.

성남시의 본 시가지(중원구, 수정구)는 분당구와 달리 기반시설이나 교육 여건이 다소 열악한 편이다. 물론 지금은 도심 재개발로 많이 변화되고 있기는 하지만 아직은 약간의 격차가 있다. 그렇기에 학생들의 동기부여를 위한 계기가 부족할 수 있었다. 그러나 성남에서 자라며 똑같이 어렵고 힘든 시기를 보냈던 누군가가 자신의 꿈을 펼쳐가며 성장해가고 있다는 것은 적어도 몇 명의 학생들에게는 분명한 동기부여가 되고 있었다.

최근까지도 간혹 버스를 탈 때면 늘 그 자리에서 손수 기른 야채를 파시는 노점상 할머니를 뵙고 반갑게 인사를 드린다. 그분은 내가 선거 때만 인사할 줄 알았는데 선거가 끝나고 몇 년이 지났는데도 올 때마다 잊지 않고 자신에게 들러 인사하는 날 보며 좋아하신다. 그리고 굳이 마다해도 괜찮다며 검은 비닐봉지에 푸성귀를 한가득 넣어 주시고 가족과 함께 먹으라고 하신다. 택시를 타면 간혹 기사님이 슬쩍

처다보시다 변환봉씨 아니냐고 묻고는 반갑다며 한참을 이야기하신다. 참 많은 사랑을 받았고 지금도 많은 관심을 받고 있음에 감사한다.

동화 같은 일들이지만, 20만 명의 유권자들에게 다가가면서 이런 소소한 교감들을 통해 더 큰 책임감과 소명을 느낄 수 있었다.

그렇게 준비되지 못했던 후보는 뒤늦게나마 서서히 궤도를 수정했고, 사람 사이의 관계에 대해 느낄 수 있었다. 머리로 하는 것이 아니라 가슴으로 하는 것.

선거 때 나는 "내가 노력한 만큼 내 꿈을 이룰 수 있는 나라"를 꿈꾼다고 했다.
한때 그 꿈은 나 자신을 위한 것이었지만 이제는 그 꿈이 나만의 꿈이 되어서는 안 된다는 것을 인지하고 있다.

대로변이 아니라 골목길에서 더 큰 길이 보이기 시작했다.

09

결국 통하는 것

└┴┴┴┴┴┴┘

　딸아이가 학기 초에 전학을 갔다.

　딸아이는 반장이 되고 싶어 했는데 전학생이라 아이들에게 자신을 보여줄 시간이 너무 부족하다며 걱정을 했다. 단 1표도 얻지 못하고 망신을 당하면 어쩌나 하는 걱정도 했다.

　집사람이 딸아이에게 '네가 네 이름을 쓰면 1표는 되잖아'라고 말하자, 딸아이는 그렇게 1표가 나오면 더 창피하니 자신은 절대 자신의 이름을 쓰지 않겠다고 다짐을 했다.

　딸아이는 스스로 연설문을 열심히 준비했고, 동영상으로 자신의 모습을 녹화해서 살펴보며 연습을 했다.

　이제 지난 2~3주 동안 보여준 모습과 연설만으로 딸아이는 평가를 받게 되었다.

　사실, 집사람과 나는 전혀 기대를 하지 않았다.

다만, 첫 실패를 겪게 될 딸아이에게 어떻게 위로해야 할지만 생각했다.

그런데 기우였다.

집으로 돌아온 딸아이의 모습은 매우 밝았다.

4명이 출마했는데 반 아이 30명 중 무려 7표나 얻었다고 기뻐한다.

새로 전학 와서 아는 사람이 한 명도 없었는데 말이다.

그리고 한 아이가 딸아이에게 해준 말이 딸아이에게 큰 힘이 되었던 것 같다.

"아, 아깝다. 나는 너 찍었는데. 너는 말도 잘하고 똑똑한 것 같아."

딸아이의 연설을 듣고 다른 친구는 그 자리에서 자신의 연설문에 딸아이가 한 말을 그대로 적어 따라 했다고도 한다.

딸아이의 선거를 보니 내 선거가 떠오른다.

나는 나를 보여줄 시간이 부족했다는 점을 아쉬워하며, 내가 당선되어야 할 선거라고만 생각했다.

그리고 낙선의 결과를 받아들고 잠시 내 탓이 아닌 남 탓을 했다.

중앙당의 공천 파동만 없었다면, 공천 경쟁에서 탈락한 후보들이 조금 더 적극적으로 나를 도왔다면, 지역 조직을 조금 더 일찍 접수해서 가동할 수 있었다면….

그런데 딸아이는 자신을 보여줄 시간이 부족했는데도 자신을 알아봐주고 자신에게 표를 준 7명에게 진심으로 감사해했다. 아마도 다음 학기 때 딸아이는 무난하게 반장이 될 것 같다. 이미 반 아이들에게 인정을 받으며 리더쉽을 발휘하고 있고, 선생님께도 듬뿍 사랑을 받고 있다. 학업 성취도 역시 매우 우수하다.

딸아이는 이제 자신을 충분히 보여주었고, 이전 학교에서처럼 자신이 있다고 한다.

'이렇게 짧은 시간에 이렇게 인정을 받을 수 있다니 너무 감사하다'는 것과 '내가 얼마나 대단한 사람인데, 왜 그걸 몰라주지'라는 것은 극명한 대비를 이룬다. 그리고 어떠한 마음가짐을 갖고 있는지는 상대방이 먼저 알게 된다.

나를 좋아하는 분들은 똑똑하고 젊은 친구가 너무 아쉽다며 꼭 기회가 올 것이라고 한다. 어느 순간 나도 그 말에 동화되어 시대가 나를 몰라주고 있다는 아쉬움을 갖게 되었다. 선배들께 우리 당의 자산이라는 말을 들으며 그러한 과찬을 당연시하게 여겼다.

딸아이가 감사해했던 것을 내가 조금 더 일찍 깨달았다면 내 인생의 방향이 크게 달라졌을 것이다. 어쩌면 집사람과 딸아이는 이미 알고 있었는데 고집 센 아빠만 그걸 모르고 있어서 기다리고 있었던 것 같다.

11살짜리 아이들도 무의식적으로 느낄 수 있는 것이 사람의 마음이다.

20만 명의 성인들을 상대로 너무도 무모한 승부수를 던졌다.
결국 통하는 것이 무엇인지 모른 채 단순히 정치공학과 임기응변으로 사람의 마음을 사려 했다.

그렇게 쉽게 살 수 없지만 반대로 쉽게 얻을 수도 있는 것이 사람의 마음이다.

내 주변에서 10년 혹은 30년 이상 한결같이 날 응원해주는 지인들은 어쩌다 가끔 만나고 통화해도 항상 마주 대하고 마음을 나누는 사이처럼 그저 좋기만 하다.

그들이 내게 느꼈던 것은 똑똑하고 잘나가는 동료여서가 아니라, 언뜻 차가워 보이지만 자신을 진심으로 대하고 무심한 듯하면서도 자신이 힘들 때 조용히 손을 잡아주는 따뜻함이었다.

그게 결국 통했던 거다.

제3장

비움을 통해 채우게 된 것

⚜ 10 ⚜
내려놓기

﹂﹂﹂﹂﹂﹂﹂﹂

처음에 이야기했듯, 법정 구속이라는 시련은 나에게 엄청
난 충격이었다.

가족들과 지인들, 응원해준 동료들에게도 마찬가지였다.

그동안 쌓아왔던 명예와 자산은 송두리째 날아갔고, 그저
나쁜 사람이 되어 준엄한 심판을 피할 수 없는 상황이 되었다.

하나하나 천천히 내려놓는 것이 아니라, 즉각적인 무장해
제가 되어 아무것도 가진 것 없이 내동댕이쳐졌다.

어떠한 변명도 통하지 않았다.

공소장과 판결문에 있는 차가운 말들은 나를 조소할 뿐이었다.

예수님께서 십자가에서 운명하기 직전 이렇게 말씀하셨다.

"엘리 엘리 라마 사막다니

(나의 하나님, 나의 하나님, 어찌하여 나를 버리셨나이까)."

내 심정 역시 다르지 않았다.

그렇게 세 번째 시련이 찾아왔다. 모두에게 상상할 수 없는 엄청난 암흑으로.

11

잘못된 선택이었고 안일한 판단이었습니다

왜 이 사건이 발생하게 되었는지를 먼저 이야기해야 할 것 같다.

2016년 총선에서 낙선한 후 나는 서울에서의 변호사 생활 10년을 정리하고, 이제는 성남시에서 변호사로 활동하기로 한 후 사무실을 냈다.

이제 막 총선을 마친 터라 금전적 여유가 없을 때여서 형수님의 오빠께서 개업자금을 빌려주셨고, 이후의 정치 행보도 고려해 법원 앞이 아니라 중심 상권 인근에 사무실을 냈다.

다행히 선거 과정에서 알게 된 많은 분들이 찾아오시면서 사무실은 무난하게 운영되었다.

그리고 사무실 한 곳에서는 후배 변호사가 나와 별도로 개업을 했다.

내가 사건의 양쪽 당사자들과 모두 친분이 있어 직접 수임하기 곤란한 사건들을 후배가 수임해 처리하거나, 가끔 협업을 하기도 하면서 큰 문제 없이 사무실은 안정되었다.

그때 초등학교, 중학교 동창인 C가 찾아왔다.

여행사를 하고 있다고 자신을 소개한 C는 어린 시절과 마찬가지로 장황한 말솜씨와 폭넓은 인맥을 자랑하며 앞으로 자신이 많이 도와주겠다고 했다.

그리고 자신의 지인들이 관련된 몇 가지 사건을 소개해주기도 했고, 역시나 내가 수임하기 곤란한 사건은 후배 변호사에게 소개해주기도 했다.

그런데 2018년 8월경 후배 변호사가 나에게 이상한 이야기를 했다.

C가 소개해주어 소액을 받고 진행하던 단순한 형사사건으로 알고 있었는데, 의뢰인이 판사와 정말 잘 이야기가 되고 있느냐며 물었다는 것이다.

오싹한 느낌이 들었고, 즉시 C를 불러 무슨 일인지 도대체 의뢰인에게 무슨 이야기를 한 것인지 확인했다.

C는 겸연쩍은 표정으로 말했다.
"사실은 내가 판사한테 이야기할 필요가 있다고 3천만 원을 요구했어.
어차피 그냥 둬도 결과가 나쁘지 않을 사건 같으니 이번 한번만 눈감아줘라.
내가 그동안 너한테 사건 좀 소개해준 것도 있잖아."

아찔했다.
처음에는 안 된다고 거부했다.
하지만 C는 계속해서 요청을 했고, 오히려 환불조치하고 의뢰인을 돌려보내면 더 큰 사고가 난다고 우려했다.
생각해보니 환불처리와 선긋기를 하면 문제는 없겠지만 밖에 나돌게 될 소문이 두려웠다.
내 이름이 올라가 있는 사건도 아니었고 내가 받은 착수금도 전혀 없지만, 내가 있는 사무실에서 문제가 발생하면 어찌되었든 나한테 모든 의혹이 돌아올 것이라는 점이 두려웠던 것이다.

아마도 그동안 나름대로 이미지를 잘 관리해왔다고 생각했고, 활발한 사회활동을 하고 있었기에 그런 평판에 내가 더 민감했던 것 같다.

우선 후배 변호사에게 사건 기록을 넘겨받아 검토를 해보았다.

확실히 결과는 나쁘지 않을 것으로 예상되었다.

그래서 고민이 더 깊어졌다.

결국 결과만 좋으면 아무런 문제가 생기지 않겠지 하는 생각을 하게 되었다.

후배 변호사의 의뢰인은 후배 변호사의 경력으로는 판사와 접촉하는 것이 힘들 것이라 보았기에 실제로 '일을 진행하는' 변호사의 얼굴을 보길 원했고, 나는 C의 부탁대로 단한번 의뢰인을 만나 3천만 원을 받았다. 그리고 그 돈을 그대로 C에게 전달하고 문제가 생기지 않게만 처리하라고 했다. C가 고맙다며 그중 일부를 나에게 주려고 하기에 화를 냈다.

"그거 받으면 나 진짜 법조 브로커랑 공범 되는 거다.

제발 마무리만 잘 짓고, 문제 안 생기게 하고 앞으로는 나한테도 찾아오지 마라."

내가 후배 변호사의 의뢰인과 단 한번밖에 만나지 않았다는 것과 내가 돈을 전혀 받지 않았다는 것은 수사기록과 C가 위증의 벌을 맹세하고 한 법정 증언, 내 판결문에도 그대로 나타나 있다.

그리고 나중에 후배 변호사의 의뢰인이 지나치게 비용이 많이 소모된 것이 아니냐고 항의하자 C가 나서서 일부 금액을 환불해주었다는 이야기를 들었다.

하지만 내가 냉정하게 선을 긋지 못하고 의혹의 시선을 두려워해 잘못된 선택을 한 점, 결과만 좋으면 문제가 없을 것이라는 안일한 판단을 한 점, 그로 인해 후배 변호사의 의뢰인에게 손해를 끼친 점에 대해서는 전적으로 내 잘못이고 진지한 반성을 하며 그에 대한 처벌과 책임을 수용한다.

부끄러운 잘못이었고 비난받아 마땅하다.

피하고 싶은 생각도 없고 억울하다고 생각하지도 않는다.

정말 잘못한 일이다.

이후 아무런 문제가 생기지 않았다. 잠시 동안은….

12

"나올 때까지 진행할 겁니다"

2019년 9월경 나는 당시 내가 속해 있던 당의 모습에 상당한 회의감을 느껴 몇 달간 고민한 끝에 지역의 당협위원장직을 사퇴했다.

혹자는 내 사건의 수사와 연관짓기도 하는데 수사는 그이후인 2019년 11월경에 시작되었고, 당협위원장직 사퇴는 수사와는 별개로 그 이전에 이루어진 내 정치적 소신의 표출이었다.

반복되는 광장 집회의 동원과 대안 없는 강경한 비판에 피로감을 느꼈었다.

내 스스로를 좀 다시 되돌아보고 싶기도 했다.

그리고 2019년 11월경 C가 수사를 받기 시작했다는 이야기를 들었다.

C에 앙심을 품은 사람이 C의 법조 브로커로서의 행위를 여러 건 적시해 진정서를 제출했다는 것이다.

이후 사건은 급속히 확대되었다.

내 변호인의 표현을 빌리자면,

"어느 순간 사건의 방향이 참 요상하게 바뀌네."

평소 C와 친분이 있었다며 검찰 공무원과 경찰 공무원의 이름이 언급되고, 지역의 정치인 출신 변호사인 내 이름까지 언급되자 검찰이 직접 수사에 나서기로 했다.

법조 브로커와 검찰 공무원, 지역 정치인 출신 변호사가 결탁한 법조 카르텔이라는 '썩 괜찮은 그림'이 나왔으니까.

당초 검찰은 관련자들이 모두 성남에 있어 성남지청에서 수사를 하려고 했다가 수원지검 특수부가 나섰다. 나중에 그 과정에 대한 여러 이야기를 들었는데 '카더라'의 소문이라 특별히 언급하지는 않겠다.

2019년 12월 초, 내 사무실로 검사님과 10여 명의 수사관이 들이닥쳐 사무실의 모든 컴퓨터에서 기록을 추출해가고,

최근 5년간의 매출원장, 수임계약서, 법인통장 등 회계자료 일체를 가져갔다. 검찰의 회계팀에서 내 금융거래내역을 샅샅이 살펴보았다.

첫 조사 때 검사님이 내게 말했다.

"변호사님 사무실이 사무장 사무실이라고 하는데 좀 살펴봐야겠습니다."

사무실 개업에 소요된 자금의 출처와 사용 내역을 모두 제출했고, 회계 구조에서 직원들에게 급여 외에 지출된 돈이 없다는 것과 C와의 사이에서 돈이 오간 내역도 없음을 모두 소명했다.

하지만 그다음 검사님의 말은, 내가 옴짝달싹할 수 없는 상황이 될 것이라는 어렴풋한 예감이 들게 했다.

"우린 변호사님한테서 나올 때까지 진행할 겁니다.

탈세와 조세포탈까지 다 살펴볼 겁니다."

회계를 아무리 들여다봐도 자신은 있었고, 사무장 사무실이라는 말도 안 되는 억측 역시 충분히 아니라고 소명할 자신은 있었다.

하지만 나올 때까지 진행한다는 말은 참 버거웠다.

검찰은 나와 관련된 사건의 당사자들 수십 명을 불러 집요하게 물었다.

하지만 나와의 관련성은 찾을 수 없었다.

그리고 그 와중에 후배 변호사 의뢰인의 건이 나왔다.

나는 그 자리에서 주저 없이 인정했다.

"네, 그 부분은 제가 잘못한 것이 맞습니다.

좀 두려워서 잘못된 선택을 했고, 그에 대해서는 처벌을 받겠습니다."

오히려 검사님이 놀라신 듯했다. 아주 쉽게 인정해주니….

다른 모든 혐의에서는 벗어날 수 있었다.

관련성을 찾을 수 없으니까.

그리고 불과 2~3분간의 단 1번의 만남, 내가 인정한 단 1건, 그 사건이 기소되었다.

수사가 진행되는 동안 흥미로운 이야기를 많이 들었다.

나보다 내 수사 진행 상황을 먼저, 그리고 더 세세하게 알고 떠도는 이야기들.

가장 쓸쓸했던 것은, 정치적 경쟁자였던 사람들이 주변에 이런 말을 했다는 것이다.

"이제 변환봉은 끝났다. 다음 무슨무슨 선거에서 하마평이 돌던데 절대 못 나온다."

그렇게 정치라는 것은 참으로 잔인했다.

아무리 내가 관심이 없고 아니라고 해도 일단 내가 하마평에 오르는 순간 난 나올 수 없는 상황이 될 때까지 두들겨 맞아야 했다.

가장 슬펐던 순간이 있다.

2019년 12월, 내가 한창 수사를 받던 중 아버지께서 하늘나라로 가셨다.

아버지의 마지막 가시는 길에 많은 분들이 찾아와 위로해 주셨다.

감사했다.

그런데 나에 대해 "끝났다" 운운하며 나보다 내 수사 상황을 더 잘 알고 떠들던 몇몇 사람의 얼굴도 보였다.

곧 있을 총선에서 예비후보로 등록한 사람과, 3년 후 있을

지방선거에 출마하고자 하는 사람들이었다.

참을 수 없는 모욕감을 느꼈다.

나에 대한 조롱과 모욕은 참을 수 있지만 아버지의 가시는 길에 와서 조문을 빙자해 선거운동을 하고 "끝났다" 운운하는 그 모습은 절대 잊을 수 없을 것 같다.

그리고 내가 법정 구속되었다는 소식이 전해졌을 때 어떤 사람이 제일 먼저 누군가를 찾아가 "제가 변환봉 보내버렸습니다"라고 하며 웃음을 지으며 서로 얼싸안는 모습을 사무실에서 보았다고 지인이 이야기해주었다.

오해의 소지를 없애기 위해 한 가지 부연할 것은, 나와 총선에서 경쟁했던 의원님은 아니다. 그분은 아버지 가시는 길에 진심으로 위로해주셨고 나도 그분에 대해 어떠한 감정도 없다.

괜한 음모론에 빠지거나 정치인들이 흔히 이야기하듯 '정치보복'이라는 말은 하지 않겠다.

그렇게 생각하지도 않는다.

내가 잘못한 것이고, 난 책임을 져야 하는 것이니까.

그래서 내가 잘못한 부분에 대해서는 명확히 반성하고 사죄를 한다.

그리고 그에 따른 처벌을 받았고 상상 이상의 많은 것을 잃었다.

다만, 정치라는 것이 참 잔인하다는 말만을 남겨두고 싶다.

13

그 관심과 사랑으로 버텨낼 수 있었다

보통 대표 변호사에게 이런 일이 생기면 십중팔구 그 사무실은 문을 닫게 된다.

밀려드는 의뢰인들의 항의와 환불 요구, 직원들의 두려움으로 며칠을 버티지 못한다.

나 역시 현실을 체감하면서부터 가족은 물론 사무실도 큰 걱정이 되었다.

그런데 참 놀라운 일이 벌어졌다.

사무실의 동료 변호사들이 나서서 의뢰인들을 안심시키며 재판을 차질 없이 준비했고, 직원들 역시 크게 놀랐지만 곧 자신들이 해야 할 일을 정확히 처리해주며 흔들리지 않는 모습을 보여주었다.

그 덕인지 내가 없는 동안 진행되던 사건 중에서 패소한 사건이 단 1건도 없었다.

내가 있을 때보다 결과가 더 좋다니….

의뢰인들 중에는 사무실에 찾아와 사건 걱정보다 내 걱정을 먼저 하며 영치금으로 넣어주라고 돈을 주고 간 경우도 있었고, 선거 때 알게 된 분들 역시 사무실에 찾아와 진심으로 내 걱정을 하시며 우시고 직원들을 격려해주시기도 했다.

코로나로 접견이 제한되어 찾아올 수 없음을 안타까워하시며 서신을 보내주신 분들도 많았다.

어렵게 접견 기회를 잡아서 오신, 60세가 넘는 지인께서는 나를 마주 대하고 안타까워하시며 우셨다. 그리고 가시는 길에 구치소 민원실에 들러 나에게 전달해달라며 식품들을 구매해 잔뜩 넣어주고 가셨다.

참 감동스러웠다.

그리고 내 사건으로 피해를 보게 된 그 사건의 피해자는 내가 법정 구속되었다는 소식을 듣자마자 먼저 우리 사무실로 전화를 했다.

그는 '자신은 C에 대해 섭섭했을 뿐 변변호사님에 대해서는 별 감정 없고, 변변호사님 역시 당한 것 같다. 아마 지금 상황에서 제일 억울한 사람일 거다'라며 아무 대가도 받지 않고 재판부에 나의 선처를 요청하는 합의서를 제출해주었다.

출소한 후 내가 그분에게 전화를 했다.

여하간 제가 잘못한 것이고 피해를 드려 죄송하다고….

그분은 이렇게 말씀하셨다.

"고생 많으셨습니다. 건강 조심하시고, 언제 소주 한잔 같이합시다."

일반적인 범죄자와 피해자의 모습은 아니었다.

사법연수원 시절 가장 친하게 지냈던 사람 중 검사가 된 형이 있다.

그 형이 내게 말했다.

"네가 무슨 잘못을 저질렀어도 여전히 넌 내가 가장 아끼고 좋아하는 동생이야."

동료 변호사들은 사무실에 찾아와 사건들을 대신 처리해주거나 재판을 대신 나가주며 일손을 거들었다.

심지어 휴일이면 우리 사무실에 찾아와 사무실 변호사들의 업무 부담을 생각해 대신 서면을 작성해주기도 했다.

그야말로 내 주변의 모두가 '발 벗고 나섰다.'

무엇보다 가족들의 노고가 컸다.

내가 없는 동안 나와 서신으로 의견을 나누며 회사가 버틸 수 있도록 힘써주었다.

당장의 생활비가 걱정될 법한데도 정기예금을 모두 해지해 회사에 대표이사 가수금으로 집어넣어 직원들의 급여가 부족하지 않도록 하며 회사의 안정을 도왔고, 수시로 회사에 방문해 직원들에게 간식을 사주기도 했다.

일주일에 한 번 집사람과 면회를 할 수 있었는데, 그 짧은 10여 분의 시간 동안 집사람과는 사건의 진행 방향, 회계 점검 등 극히 사무적인 이야기만 할 수 있었다.

마주 대하면 즉시 메모지를 들고 이것저것 내가 결정해야 할 사항에 대해 묻고, 난 빠른 속도로 요지를 말해주면 집사람은 열심히 메모해나가는 일의 반복이었다.

몇 달의 시간이 흐르고 사무실이 어느 정도 안정이 되어서야 집사람과,

"오느라 수고했어, 비 오던데 운전 조심해.

당신 많이 수척해졌다. 그래도 예쁘네."

"내가 좀 늙긴 했어도 예쁘긴 하지! 우리 딸이 오늘 학교에
서 수학 백 점 받았어.

나한테 수학 물어보는데 내가 답지 보고 설명해주니까, '아
빠는 그냥 풀어주는데 엄마는 늘 답지 보고 알려주더라. 이
제부터 엄마 별명은 답지녀야'라고 하더라고.

다른 건 몰라도 수학은 당신이 좀 나와서 봐줘라."

이런 일상적인 대화를 할 수 있었다.

집사람은 처음 내가 법정 구속되었다는 이야기를 듣고 교
정시설에 대해 잘 아는 분께 밖에 있는 가족이 어떻게 해야
하는지를 물었다고 한다.

그분은 집사람에게 이런 이야기를 들려주었다.

"그 사람이 없어도 이전과 같이 동일하게 지내는 것, 그래
서 그 사람이 나왔을 때 아무것도 달라진 것이 없도록 하는
것이 그 사람이 다시 일어설 수 있도록 돕는 가장 좋은 방법
이에요."

그래서 집사람은 악착같이 회사를 지키려 했고, 딸아이가

아무런 동요 없이 학교 생활을 열심히 하도록 살폈다.

본인 속은 오죽했을까 싶지만, 집사람은 내가 들어가기 전과 다름없는 모습으로 살기 위해 부단한 노력을 했다.

세상으로부터 돌팔매질을 당하고 비난을 당할 때 그래도 내 가족만이라도 나를 믿어주고 지지해준다면 힘겹게나마 버틸 수 있는 것이다.

그런데 내 가족뿐 아니라 나를 좋아했던 사람들까지 모두 나서서 나와 함께 울어주고 내 짐을 대신 나눠주는 사랑은 말하기 힘든 벅찬 감동이었다.

신께서는 사람이 감당할 수 있는 시련만을 주신다고 한다.

나는 이번 시련은 도저히 감당할 수 없으리라 생각했다.

그런데 내가 힘겨워 팔을 내리려 하자 내 가족들과 지인들이 나서서 내 팔을 들어주고 내가 버틸 수 있도록 힘을 주었다.

그동안 집사람과 아이로 인해 베풀게 된 나눔과 사랑, 열심히 살아온 것에 대한 보상은 내가 정말 힘들고 무너지려

할 때 나를 버티게 만들어준 지지대로 돌아오지 않았나 생각된다.

난 잘못한 사람이고 벌을 받아야 할 사람이다.

비록 나에게 법의 관용은 허용되지 않았고 준엄한 판결이 내려졌지만, 나는 더 큰 사랑을 받았다.

법원이 내게 줄 수 있는 관용보다 더 소중했다.

수형생활을 잘해서 난 예정보다 3개월 반 일찍 가석방으로 출소했다.

감사했던 분들께 한 분 한 분 천천히 인사를 드렸다.

그리고 많은 분들로부터 명절 때처럼 많은 건강식품을 선물 받았다.

몸 잘 추스르라며….

또 눈물이 난다.

14

집사람과 딸아이의 글

�íⴑⴑⴑⴑⴑⴑⴑⴑⴑⴑⴑⴑⴑⴑ

　수감 생활 중 남들 앞에서 의연하게 지내려 했고, 조용히 지내는 것을 목표로 했다.

　괜히 법과 규정을 안다고 교도관들을 괴롭히거나 규정 운운하며 시비를 걸고 싶지도 않았다. 내 처지에 염치가 없다고 생각했으니까.

　언뜻 보니 교도관들이 들고 있는 현황판 비고란에 내 수용번호가 기재되어 있고 '변호사'라고 따로 메모가 되어 있는 것을 보았다.

　나중에 들으니 정치인이나 변호사가 들어오면 교도관들은 은근히 신경이 쓰인다고 한다.

　이곳저곳에서 전화가 오고, 규정을 들어 교도관들을 성가시게 하는 경우가 많아서다.

나는 내 문제로 교도관에게 면담을 요청하거나 규정을 들어 처우의 변동을 요구한 적이 없었다. 그냥 조용히 지냈다.

그래서인지 출소할 즈음에 이르러 안면이 있는 교도관이 아무 문제없이 조용히 있어줘서 고마웠다고 오히려 내게 인사를 했다. 이런저런 곳에서 전화가 와서 신경이 쓰였고, 내가 잘 버틸지 사실 조금 걱정했었다고 한다.

그렇게 조용히 지내는 것을 목표로 했지만, 남들 앞에서 딱 두 번 울었다.

집사람과 딸아이의 탄원서를 읽었을 때다.

(집사람의 탄원서)

존경하는 재판장님,

피고인 변환봉의 처 김○○입니다.

처음 남편이 법정 구속되었을 때, 충격과 공포, 배신감은 정말 감당하기 힘들었습니다.

밥을 먹는 제 자신이 혐오스러울 정도였습니다.

첫 구치소 접견 때, 미안하다며 말없이 눈물만 흘리는 남편을 바라보는 것만으로도 많이 힘들었습니다.

지난날을 돌이켜 생각해보니, 남편이 법정 구속될 때까지 과연 저의 잘못은 없는지, 그동안의 제 삶을 되돌아보고, 뉘우칠 점이 많기에 반성문을 올립니다.

총선을 준비하며 남편을 곁에서 잘 보좌하겠다고 지역구 주민들에게 입으로만 약속을 남발한 건 아닌지, 막연하게 믿은 존경심으로 주위를 잘 보살피지 못하고 곤경에 처하게 한 점 반성합니다.

딸아이가 아파서 돌봐준다는 핑계로 따뜻한 말 한마디, 따뜻한 밥 한 그릇 제대로 못 해주고, 잔소리만 늘어놓고, 생활비 부족하다며 불평불만한 점 반성합니다.

스스로 자그마한 봉사를 하면서 막연하게 나 자신을 위한 봉사가 아니었는지, 그들을 위로한다는 핑계로 어쩌면 속마음은 나와 가족들에게 언제가 복이 돌아오겠지 하는 이기심이 아니었는지 다시 한번 되돌아보고 반성합니다.

뭐든지 잘하고 성공해야 한다는 억압과 부담을 주고 언행을 조심시키지 못하고 하는 대로 방치하며 믿고 의지했습니다.

남편 역시 나약한 인간인 것을 깨닫지 못하고 자신하며 살았던 점을 반성합니다.

딸아이만 챙기고, 이번에 구치소 들어가서 지병이 있는 것을 알 정도로 남편의 건강을 제대로 챙겨주지 못한 점 깊이 반성합니다.

존경하는 재판장님,

만약 이런 일이 또 발생할 시 저를 같이 벌하여주시기를 바랍니다.

이후, 어떠한 재판 결과라도 저희 가족은 판결을 받아들일 것입니다.

의뢰인 중 몇몇 분께서 피고인의 처지를 들으시고, 눈물을 흘리시며 영치금 십만 원을 전달해달라고 하실 때에, 저는 같이 가슴으로 울었습니다.

그 마음을 잘 헤아리기에 출소해서도 믿고 기다려주시는 기존 고객들에게 피해를 드리지 않고, 돌봐야 할 어린 딸아이와 행복한 가정을 이루며 살아야 한다는 신념으로 이렇게 반성문을 올리며 긴 글을 마치고자 합니다.

내가 잘못한 것인데, 집사람이 반성문을 썼다….

딸아이의 글을 보았을 때도 눈물을 참을 수 없었다.

누가 불러준 것도 아닌데 11살 아이가 혼자 생각해서 쓴 글이다.

(딸아이의 탄원서)

존경하는 재판장님께,

재판장님, 안녕하십니까?

전 지금 재판을 받고 있는 피고인의 하나밖에 없는 딸 변○○ 이라고 합니다.

제가 이렇게 탄원서를 쓰게 된 이유는 아빠가 재판을 받아야 한다는 게 믿어지지 않기 때문입니다.

저희 아빠는 장난을 많이 치지만 누구보다 저를 아껴주고, 보호해주었습니다.

누명을 벗겨주는 '변호사'라는 막중한 일을 가지고 살아왔습니다.

남부럽지 않은 아빠였는데…

재판을 받아야 한다니, 전 아직도 믿겨지지 않습니다.

재판장님, 저와 아빠의 평범한 생활을 위해 도와주세요.

엄마도 많이 걱정하고 있습니다.

저희 아빠는 제가 보기엔 뉘우치고 있고 새로운 마음가짐으로 다시 태어나려 합니다.

새로운 마음으로 다시 시작할 아빠를 제발 도와주세요.

만약 도와주신다면 은혜를 잊지 않고 꼭 갚겠습니다.

전 아빠와 하고 싶은 게 너무 많아요.

별도 보고, 썰매도 타고 싶어요.

그 외에 다 못 적는 게 아쉬울 따름입니다.

추억도 많고 정도 많이 든 아빠인데…

처벌을 받아야 한다니, 교도소라는 답답한 곳에 있어야 한다니…

상상만 해도 끔찍합니다.

존경하는 재판장님, 저에겐 이 탄원서가 희망이자 마지막 기회입니다.

이 글을 읽고 우리 아빠 편에 서주세요.

이상입니다. 감사합니다.

가족들에게 참 많은 상처를 줬다.

15

잘 다녀왔습니다

달라진 것은 없지만 이제 많은 것을 정리해야 한다.

우선은 변호사법에 의해 5년간 자격이 박탈되므로 변호사로서의 업무는 잠시 접어둬야 하고 새로운 일을 찾아야 한다.

가족들이 힘겹게 지켜준 사무실이었지만 동료 변호사에게 양도하고 난 잠시 퇴장해야 한다.

사회활동에 여러 제약이 있을 것이고, 어찌되었든 이번에 본 손실을 복구하려면 많은 시간이 걸릴지도 모른다.

수치상으로 나타난 대차대조표로만 본다면 분명히 적자이고, 결과만 놓고 보자면 법조브로커와 결탁한 나쁜 변호사로서 '끝났다'는 비아냥을 들을 만하다.

그런데 나와 집사람은 잃었다고 생각하지 않는다.

가족의 소중함을 더 절실히 깨달았고, 내 소중한 자산이 무엇인지 알 수 있었다.

한때 내 머리만을 믿고 내 조그만 명예와 권력에 취했다.

사소한 것에 의지해 내 능력으로 할 수 있다는 자신감으로 밀어 붙였다.

집사람은 그런 모습이 위태로워 보였다고 한다.

언제 무너질지 모르는 허상일 수 있는데 보잘것없는 것들에 의지하고 있다고.

사람을 얻고 그 사람을 믿는다면 언제든 다시 일어설 수 있다.

신께서 내게 깨닫게 하신 것은 철저히 비우고 무엇을 의지해야 하는지를 알도록 채우신 것이다.

물론 지금도 걱정은 많다.

앞으로의 방향과 계획에 대해….

그런 날 보고 집사람이 말했다.

"당신 요즘 참 편안해 보인다."

"요즘 제일 걱정거리가 많은데, 무슨 소리야? 머릿속이 복잡해."

"당신 속은 그럴지 몰라도 표정은 안 그래.

예전에는 무슨 생각을 할 때면 미간을 잔뜩 찌푸리고 뭔가 찌들었다는 인상이었는데, 지금은 그냥 생각하는 모습이야."

"한 가지 달라진 점이라면, 예전에는 어떻게 해서든 안 되는 것을 되게 하려 하고 머리 쓰고 있었는데, 지금은 내려놓은 상태에서 바라보며 고민하는 것 같아."

"우리한테 엄청난 시련이었고 이겨낼 수 있을까 싶기도 했지만, 당신이나 나한테 너무 귀중한 자산이 될 것 같아.

당장 좀 힘들면 다 정리하고 시골 가서 살면 되지 뭐, 중요한 것은 그런게 아니더라."

복수심과 증오심에 가득 찼다면, '자알~ 다녀왔습니다. 두고 봅시다'라고 말할 것이다.

구치소에 수감되었던 초기에만 해도 그런 생각이 없지는 않았으니까.

지금은 정말 '잘 다녀왔습니다. 감사합니다'라는 마음이다.

어릴 적 들었던 전래동화 중 「방울사또」라는 이야기가 있다.

사또가 옷깃에 방울을 달고 방울 소리가 날 때마다 지금 자신의 행동이 혹시나 잘못된 것은 아닌지 살폈다는 것이다.

옷깃에 방울을 달았으니 조금만 움직여도 딸랑딸랑 소리가 날 것이고, 사또는 매 순간 자신을 성찰했다는 뜻이리라.

이제 내게 공적인 자리에서 이야기할 기회가 생길 때, 나아가 어떤 행동을 할 때마다 분명 이번 사건은 내게 '방울'이 될 것이다.

"비위 전력으로 처벌까지 받으시고 남에게 그런 말 할 수 있습니까?"

그때 정치보복이었느니, 기획수사에 당했다느니 하는 구차한 변명을 하지 않고, 내 잘못임을 겸허히 시인해야겠다.

이후의 내 삶이 어떻게 달라지느냐에 따라 내 '방울'의 의미는 달라지리라 믿는다.

잘 다녀왔다.

이제 45살, 인생의 절반을 조금 더 살았다.

아직 남은 시간이 많고 나를 필요로 하는 곳이 많으니 이 자산을 기초로 다시 일어서야겠다.

나를 믿고 기다려준 분들에 대한 사랑은 내가 어떻게 살아가느냐로 갚을 수 있을 것이다.

하늘을 바라보되 땅의 삶에 충실하라.

하늘을 향해 간절히 기도하는 것도 중요하지만, 더 필요한 것은 내가 이 땅 위에서 해야 할 역할을 충실히 다하는 것이다.

이제 가장 밑바닥에서 나는 다시 시작한다.

잘 다녀온 만큼.

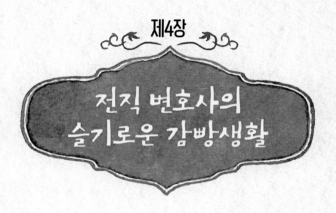

제4장

전직 변호사의
슬기로운 감방생활

✥ 16 ✥

구치소에 들어가다

LLLLLLLL

　법정 구속한다는 판결이 선고되고, 법정 경위는 나를 법정 옆의 구속 피고인 대기실로 이끌었다. 당황한 내 변호인이 나에게 무언가 말을 건네려 하였고, 나 역시 몇 마디 말을 하고 싶었지만, 법정 경위는 단호했다.

　"안 됩니다, 이쪽으로 이동하세요."

　나중에 들으니 내 변호인이었던 형님도 그 순간 그렇게 무력하고 서러울 수가 없었다고 한다.

　마지막으로 그 형님의 뒷모습을 보니 천정을 쳐다보며 애써 눈물을 참고 있었다.

　말쑥하게 양복을 차려입은 사람이 법정 구속되어 들어오자 대기실에 있던 다른 피고인들의 시선이 나에게 쏠리는 것을 어렴풋이 느꼈다.

'보아하니 좀 배운 사람 같은데 저 사람 멘탈 나갔겠네.'

물론 그 당시에는 그 사람들의 시선을 느낄 겨를도 없
었다.

나중에 내가 법정에 나가 대기실에서 법정 구속되어 들
어오는 사람들을 볼 때, 나와 주변 사람들이 그렇게 느끼
고 있었기에 내가 들어가던 상황 역시 다르지 않았으리라
생각된다.

20~30분가량 기다리다 선고가 끝난 사람들이 먼저 차량
으로 이동했다.

물론 수갑과 포승으로 압박했고, 3명씩 굴비를 엮듯 줄로
연결했다.

나같이 처음 들어가는 사람들은 호송 차량에서 안전벨
트를 매는 것조차 익숙치 않아 교도관이 안전벨트를 채워
주었다.

탈주는 물론이고 허튼 행동도 불가능할 듯싶었다.

20분가량 달렸던 것 같다.

구치소의 육중한 철문이 열렸다.

변호인 접견을 위해 자주 들어가던 곳이었지만 수용자 신분으로 들어가자니 낯선 곳처럼 느껴졌다.

많은 두려움이 떠올랐다.

드라마나 영화에서 보듯 신입 '신고식'이 있지 않을까, 얼마나 괴롭힘을 당하게 될까, 혹시나 내 사건의 수용자들을 만나면 어떻게 해야 할까.

신입 대기실에 가서 옷을 모두 갈아입었다.

나눠준 포대자루에 옷을 넣었다. 출소할 때나 다시 꺼낼 수 있는 옷들이다.

시계와 반지, 지갑 등의 귀중품은 따로 봉투에 넣어 내용물을 모두 기재했다.

그리고 구치소에서 사용할 최소한의 물품을 교부받았다.

작은 플라스틱 상자에 담겨진 모포 2장과 칫솔, 치약, 휴지가 전부였다.

그리고 이름이 아니라 수번으로 불리게 되었다.

저녁 배식이 끝났으니 지금 따로 식사를 하고 들어가겠느냐고 교도관이 물었다.

그날따라 바쁜 일이 많아 아침부터 아무것도 먹지 못했기에 약간 배가 고팠지만 밥이 넘어갈 것 같지는 않았다.

식사를 사양하고 천천히 교도관을 따라 내가 있어야 할 곳으로 이동했다.

코로나로 신입 수용자들은 모두 2주 내외 격리되어야 한다.

가로 1.5미터, 세로 2.4미터. 1평이 조금 넘는 크기의 2인실 소방이었다.

3평 크기로 9~10명이 거주하는 대방도 있는데, 조금 관찰이 필요한 경우나 갑작스러운 정신적 충격이 우려되는 경우에는 주로 소방을 배정한다고 한다.

화장실은 양변기 하나에 겨우 세숫대야 하나 놓을 수 있는 공간이었다.

거의 뜬눈으로 밤을 지새웠다.

무엇보다 불이 꺼지지 않아 잠을 잘 수 없었고, 딱딱한 바닥과 한여름의 덥고 습한 날씨, 그리고 화장실의 냄새가 곤혹스러웠다.

　시계가 없으니 시간의 흐름도 알 수 없었다.

　가끔 옆방에서 욕을 하는 소리, 노래하는 소리가 들려
왔다.

　한참 지나서 하늘이 서서히 밝아오는 것이 보였다.

　그렇게 어둠이 가시고 또다시 한참이 지나서야 기상을 알
리는 듯한 음악과 방송이 나왔다.

　겨우 하루가 지났다.

17

신입 대기실에서의 동료 P군

하루가 지나자 교도관이 지나가다 말을 해주었다.

"오늘 이 방에 한 명 들어올 거예요."

긴장되었다.

이제 누군가와 함께 있어야 한다.

오후가 되자 20대 초반의 P군이 들어왔다.

치아가 고르지 못했고, 팔다리에 문신이 있었다. 조금 무서웠다.

"삼촌, 저 좀 잘게요, 그동안 못 잔 잠이나 좀 실컷 자야겠어요."

P군은 이후 3일 동안 밥도 거의 먹지 않고 내내 잠만 잤다.

허리가 아파서 오래 눕기도 힘들 법한데, 편하게 정말 잘 자는 모습을 보며 부럽기도 했다.

3일 후 깨어난 P군과 비로소 이야기를 할 수 있었다.

이번이 구치소에 두 번째로 들어오게 된 것인데, 징역 6개월의 실형을 선고받았다고 한다.

친구에게 150만 원을 빌렸는데, 원금과 이자를 현금으로 갚아나가던 중 형편이 좋지 못해 못 갚았고 그 친구가 사기로 고소를 했다고 한다.

음식점에서 배달 일을 하고 있었는데 하루에 3시간 정도 자면서 배달 일을 했고, 집에 거의 들어가지 못해 수사기관과 법원에서 온 우편물을 전혀 받지 못했고, 법원은 P군이 없는 상태에서 궐석재판을 진행해 징역 6개월을 선고했다.

"뭐 어쩌겠어요, 그 친구놈이 그럴 줄 몰랐네요."

150만 원에 대한 6개월의 징역형을 가혹하다고 생각하는 것이 아니라 친구에 대한 원망만이 있을 뿐이었다.

부모님은 이혼하셔서 외할머니의 손에서 자랐고, 고등학교를 졸업하고 난 이후부터 온갖 일을 다 했다고 한다. 그런데 힘들게 돈을 좀 모아놓으면 아버지가 사고를 쳐 합의금으로 물어준 것이 몇천만 원이었다.

"그래도 살아계신 것만 해도 다행이고, 어쨌건 절 낳아주신 분인데 해드려야죠. 그 연세에 감옥에 보낼 수는 없잖아요. 하하하."

보기와는 달리 순진하고 의리도 있었다.

약 3주 동안 같이 있었는데 일하던 배달 업체의 사장님과 여자 친구만 한번씩 면회를 왔고, 영치금을 넣어 주는 사람도 없었다.

P군은 아무것도 모르는 나에게 많은 정보들을 가르쳐 주었다.

영치금으로 물건을 구입하는 방법, 꼭 사야 할 물건들과 나중에 본 방으로 이동했을 때 그곳에서 지켜야 할 많은 것들에 대해 교육을 받았다.

그리고 비로소 화장실 사용법과 청소법, 좁은 공간에서 샤워하는 법 등, 매일의 그 단순한 일과가 어떻게 진행되는지 알 수 있었다.

집사람은 어디서 들었는지 방 사람들에게 그나마 대접을

받으려면 접견물(민원인이 외부에서 구매해 지급되는 음식 등의 물품)이 많이 들어가야 한다고 해 매번 넉넉하게 접견물을 넣어 주었다. 나와 P군 둘이서 먹기에는 벅찰 정도로….

P군은 소지(교정시설에서 배식하고 청소 등을 하는 사동의 도우미, '사소'라고도 한다)에게 물물교환을 부탁해 드디어 컵라면을 구할 수 있었다.

왈칵 서러움이 밀려왔다.

그 컵라면 하나가 무어 그리 대수라고 그 냄새에 밖의 삶이 너무도 그리워졌다.

전과가 하나 있다는 이유만으로, P군은 수사 초기부터 아무도 자신의 말을 들어주지 않았다고 한다.

자신이 현금으로 몇 달 동안 갚아나갔고, 일자리를 구하지 못해 잠시 돈을 갚지 못한 것이라고 변명했지만, P군의 친구가 받은 사실 없다고 하자 P군은 처음부터 갚을 생각 없이 돈을 빌린 사기범이 되었다.

그래도 재판에 불출석한 사정, 그동안 돈을 갚아나간 사정 등 자초지종을 말하면 P군이 항소심에서 집행유예나 벌

금형으로 나가지 않을까 생각했다. 이후 운동시간에 우연히 P군을 만났는데 항소심에서 국선 변호인은 형식적인 변론으로 재판을 마쳤고, P군은 그대로 징역 6개월이 확정되어 기결수의 신분이 되었다고 한다.

교도소에 한번 들어가면 두 번째부터는 그 길이 아주 넓어지게 되고, 한번 들어가기는 쉬워도 나가기가 힘든 곳이 교도소라고 한다.

P군을 보며, 참 없는 사람에게 가혹한 것이 법이라는 생각을 처음으로 하게 되었다.

비싼 수임료를 지불하고 어떻게 해서든 형량을 줄이거나 집행유예로 실형을 피하는 사람들에 비해, 한번 낙인이 찍히면 아무도 자신의 말을 들어주지 않고 억울하다는 소리도 못 하게 된다.

내가 알던 정의로운 법의 집행에 대해 많은 생각을 하게 되었다.

⚜ 18 ⚜
미결방으로 이동하다

░░░░░░░░

3주간의 신입 대기실에서의 격리를 마치고 드디어 미결방으로 '전방(방을 이동하는 것)'을 가게 되었다.

아침 일찍 전방을 준비하라는 통보를 받고 처음 들어올 때보다 더 긴장이 되었다.

이제는 없어졌다고 하지만, 혹시나 신입들에 대한 '신고식'이 있지 않을까 걱정되었고, 9명이나 되는 대방에서 어떠한 사람들을 만나게 될지 걱정이 되었다.

P군이 능숙한 솜씨로 모포로 이렇게 저렇게 짐을 싸는 방법을 마지막으로 알려주며 말했다.

"그래도 삼촌은 기타초범방으로 가시니 그렇게 힘들진 않을 거예요.

전 이제 누범방으로 가거든요. 거긴 정말 힘들어요…"

구치소에서는 미결수용자들의 거실을, 처음 구치소에 들어오는 초범방과 다시 죄를 짓고 들어오는 누범방으로 구분을 한다. 그리고 초범방도 범죄에 따라 강력범을 모아놓은 강력방, 마약사범을 모아놓은 마약방(일명 '향방'이라고 한다.), 일반적인 범죄자를 모아놓은 기타방, 그리고 외국인들을 모아놓은 외국인방으로 나뉜다.

난 기타초범방으로 이동을 하게 되었다.

교도관을 따라 P군이 싸준 짐을 들고 9명이 머무는 대방으로 갔다.

방 안에서는 신입이 왔다고 이야기를 하며 나를 찬찬히 살펴보는 모습을 느낄 수 있었다.

P군이 일러준 대로 문지방을 밟지 않고 조심스레 방안으로 들어갔다.

방을 들어가며 철문의 문지방을 밟는 것은, '이 방에서 누가 제일 세냐, 나랑 한 번 붙어보자'는 도전의 의미이기에 절대 조심해야 한다고 들었다.

내가 짐을 내려놓자 순식간에 2~3명이 달려들어 내 짐을 풀어헤쳐 정리를 하기 시작했다.

내가 뭐라 말을 하려 하자 가장 안쪽에 있는 사람이, 가만히 있으라는 시늉을 하며 "우리가 알아서 정리할 테니 일단 보고 있어"라고 말했고, 가져간 음식물은 부식을 모아놓는 곳에, 식기류와 옷 등은 각자 정해진 위치에 빠르게 정리가 되었다.

머뭇머뭇하던 나에게 방장으로 보이는 이가 말했다.

"자, 이리 와서 앉아 보시게. 자네는 뭘로 들어왔나. 보피(보이스피싱)? 음주?"

소위 말하는 '징역 판사'였다.

방장 정도 되고 몇 달 지내게 되면 범죄 사실을 듣고 그 자리에서 예상되는 결과를 내놓는데 실제와 거의 다르지 않다. 어지간한 변호사보다 훨씬 정확하다.

"변호사법 위반으로 들어왔습니다."

"사무장한 거야?"

"아니요, 제가 변호사였습니다…"

순식간에 호기심 어린 눈빛들이 되었고, 방에서 '넘버 3'쯤

되어 보이는 사람이 말했다.

"야, 우리 방 사무장을 이제 진짜 변호사로 바꿔야겠네. 그런데 어디서 좀 많이 본 듯하네. 혹시 우리 어디서 만났나?"

간략하게 들어오게 된 경위와 그동안의 행적을 이야기했고, 사람들은 모처럼 재미있는 에피소드가 생겼다며 이것저것 질문을 던졌다.

변호사였고, 텔레비전에서 보던 패널이었고, 총선에 출마해 얼핏 보았던 사람이 바로 앞에 있으니 여러 가지로 신기했던 듯하다.

다행히 '신고식'은 정말 없어졌기에 드라마 〈슬기로운 감빵생활〉에서 보던 피뽑기에 대한 걱정은 하지 않아도 되었다. 10년 전만 해도 손으로 코끼리 코를 한 후 20바퀴 가량 돌고 벽에 표시한 점을 한 번에 찍어야 하거나, 눈을 가리고 팔을 묶은 후 물을 한 방울씩 떨어뜨려 마치 피를 뽑는 것과 같은 공포와 착각을 일으키는 등의 '신고식'이 있었다고 하는데, 지금은 그런 것은 없어졌다.

대신 며칠 동안 방 안 사람들의 이야기를 들으며 사건에 대해 상담을 해주었고, 반성문을 읽어보고 교정해주는 등 바쁘게 지내야 했다.

그리고 막내로서 화장실 청소 등 잡일을 해야 했다.
다행히 P군에게 청소법을 제대로 전수받았고, 내 스스로 이미 많은 것을 내려놓았기에 '아무것도 할 줄 모르는 답답한 샌님' 취급은 당하지 않았다.

19

살이 찌는 이유

|.|.|.|.|.|.|.|.|

　나는 살이 빠졌지만 대부분의 수용자들은 10~20㎏가량 살이 찐다.

　내가 변호인으로 접견을 다닐 때도 의뢰인들이 점점 살이 찌는 모습을 보았는데, 선배 변호사들은 그곳에서 규칙적인 생활을 하고 운동을 하니 '몸이 좋아지는 것'이라고 말을 했다.

　그거 다 '뻥'이다.

　몸이 좋아져서 살이 찌는 것이 아니라 '나쁜 살'이 찌는 것이다.

　겨우 3평 남짓한 공간에 9명, 심하면 10~11명이 생활을 해야 한다.

텔레비전 나오는 시간이 제한되어 있고, 채널과 방송 내용도 제한된다.

편집된 교정방송에서는 단골손님처럼 〈인간극장〉이 나온다.

아마도 〈인간극장〉을 가장 많이 본 사람들은 교정시설의 수용자들일 것이다.

그러다 보니 하루 종일 앉아서 책을 보거나 장기를 두고, 주전부리를 하는 것이 전부다.

하루에 30분 운동시간은 10평 남짓한 작은 공간에서 20여 명이 모여 잠시 왔다갔다하거나 스트레칭, 팔굽혀펴기 정도만 할 수 있다.

운동이 아니다.

매일 앉아서 컵라면, 빵, 과자, 초코바만 먹는데 살이 안 찌면 그게 이상한 거다.

간혹 젊은 친구들 중에는 몸 만든다고 방에서 생수병으로 운동기구를 만들어 운동하는 경우가 있는데 방 안에서 운동하다 걸리면 다른 방으로 가게 되거나 징벌방으로 갈 수 있다.

그래서 방 안에서 마음에 안 드는 사람이 있을 경우 그 사람을 다른 방으로 보내버리는 가장 손쉬운 방법은 '방 안에서 운동하며 위압감을 준다'고 진정을 하는 것이다.

실제로 그렇게 방에서 쫓겨가는 경우를 여럿 봤다.

정부미로 밥을 찌기 때문에 갓 지은 밥이라 해도 밥에서 냄새가 나고 쌀들이 베트남의 안남미처럼 훨훨 날아다닌다.

부식 재료의 상태도 그다지 좋아 보이지는 않는다.

고기에서는 잡내가 나고 별도로 구매해서 먹을 수 있는 과일들도 상품의 가치가 떨어지는 것들만 모은 것 같았다.

그래도 다들 아무 말을 하지 못한다.

죄인들이 주는 대로 먹어야지 무슨 불만을 표하겠냐고….

실제로 밖에서 가끔 수용자들의 급식 실태가 좋지 못하다는 기사가 나오면 그 기사에 달리는 댓글들의 대부분은 어디 죄짓고 벌 받는 사람들이 음식 투정하느냐는 등의 힐난이 많다.

그것을 알아서인지 다들 그러려니 하고 지내고 있다.

그러니 자연스레 컵라면, 빵을 많이 찾을 수밖에 없고 살이 찔 수밖에 없다.

건강하게 잘 먹으며 운동해서 몸이 좋아지는 것이 아니다.

하지만 입에 맞지 않은 반찬임에도 배식 때마다 드라마에서 보던 상황이 종종 발생한다.

"소지! 반찬을 이것밖에 안 주면 어떻게 해!"

"삼촌, 요즘 취사장에서 정량 배식한다고 반찬이 딱 맞게 올라와요. 다른 방에도 배식하려면 어쩔 수 없어요."

"그래도 이건 너무하잖아!"

소지들이 자신의 기분에 따라 어느 방에 배식을 적게 하거나 어느 방에 고기를 더 많이 줘서 다투는 일이 많아지자 지금은 교도관들이 배식할 때 옆에서 지켜보며 배식 상황을 감독한다.

하지만 능숙한 소지들은 '손목의 스냅'을 이용해 국을 풀 때는 국자를 깊게 넣어 건더기가 많이 들어가게 하거나 위에서 살짝 국물 위주로 푸면서도 겉보기에는 똑같은 모양을 만들어내는 실력을 발휘한다.

평소에 소지에게 함부로 대했을 경우 소지만의 '응징' 방식인 것이다.

방에서 수용자들이 음식을 배식할 때 방 안에 먼저 들어온 사람부터 음식을 덜게 되는데, 막내의 순번에 가면 그나마 적은 반찬은 거의 바닥을 드러내게 된다.

그런 일로 싸우는 경우가 비일비재하다.

심하면 상을 뒤엎어 버리고 멱살잡이를 한다. 고기 한 점 때문에.

그렇게 투닥거리다가도 어차피 좁은 방 안에서 계속 보아야 하니 금방 풀어진다.

아주 단순해지고 애들이 되어간다.

방마다 '감옥 쉐프'가 꼭 한 명씩은 있다.

쉐프는 구할 수 있는 최선의 재료인 딸기잼과 고추장, 라면 스프로 예측가능하지만 맛있는 별식을 만들어낸다.

짜장라면 스프로 기본 양념을 만들고 훈제 닭고기살을 발라내어 버무리면 짜장치킨이 되고, 일반 매운라면 스프가 기본이 되면 그럴 듯한 양념치킨이 된다.

물론 맛은 지극히 '예측 가능한 맛'이다. 주된 재료가 라면 스프니까.

쉐프의 솜씨에 따라 유자차 액상을 첨가하거나 사이다를

넣어 조금 더 맛의 깊이가 달라지기도 한다.

설탕을 구할 수 없을 때에는 커피믹스 봉지를 뜯어 설탕을 한 알 한 알 모아 설탕을 만들어낸다. 어차피 남는 것이 시간이고 그렇게 해서 시간을 보내면 '오늘 하루도 잘 깼다'고 할 수 있어 수고를 아끼지 않는다.

그곳에서는 '시간을 깨는 것'이 가장 중요한 일이기 때문이다.

한번은 무심코 내가 '스파게티가 먹고 싶다'고 말을 한 적이 있다.

그러자 평소 나를 잘 따르던 동생이 '제가 해볼게요!'라고 하면서 몇 시간 동안 작업을 했다.

방울토마토를 구매할 수 있는 시기가 되자, 방울토마토를 구매해 하나하나 껍질을 모두 벗겨내어 으깨고 딸기잼을 적당히 섞은 후 뜨거운 물에 중탕을 했다.

이렇게 토마토 케첩이 만들어진 것이다!

그리고 소시지를 알맞게 자르고, 컵라면에서 면을 불린다.

라면 스프 약간을 첨가한 후 잘 비볐다.

토마토 향이 나는 스파게티의 육촌 아니 팔촌쯤은 될 법한 음식이 만들어졌다.

일요일에는 생김이 반찬으로 나오는데 그때는 모두가 김밥을 만든다.

주중에 받은 단무지를 보관했다 자르고, 별도로 구매한 소시지와 무말랭이를 넣은 후 김밥을 만든다.

역시나 예측 가능한 맛이지만 방마다 미묘한 차이가 있다.

그렇게 점점 살이 쪄가고 있었다.

✦ 20 ✦
억울하지 않은 사람들

‿‿‿‿‿‿‿‿‿‿

영화나 드라마에서 보면 교도소에 있는 사람들은 다들 억울하다고 말한다는데, 내가 만나본 사람들 중 억울하다고 하는 사람들은 없었다.

다들 자신들이 실수를 했고 그에 따른 벌을 받는 것이라고 생각하고 있었다.

다만, 자신의 책임에 비해 지나치게 과중한 처벌이 아니냐는 억울함 정도는 느낄 수 있었다.

특히나, 음주운전과 보이스피싱(그곳에서는 줄여서 '보피'라고 부른다) 범죄자들의 경우가 그러했다.

같이 있었던 친구 중 약 10년 전 탈북한 20대 중반의 친구가 있다.

국내 모 대학교에 재학 중이었는데, 방학 중 아르바이트를 하려고 취업 사이트를 검색하다가 채권추심 아르바이트 공고를 보게 되었다.

코로나로 비대면 면접을 본다고 해서 이력서를 보냈고 정말 대출 서류 전달 업무로 알고 일을 시작했다고 한다.

고객들에게 서류를 건네받고 이를 다시 회사 직원에게 전달하는 아르바이트.

한 2주가량 일을 하고 있었을 때 갑자기 경찰서에서 전화가 왔다고 한다.

"L씨 되시나요? 여기는 서울 ○○경찰서입니다."

"아, 네. 제가 L인데 무슨 일이신가요?"

"잠시 몇 가지 여쭤보고 싶어서요. 혹시 지금 무슨 일 하세요?"

"(천진난만하게) 네, 저 요즘 금융회사에서 채권추심 아르바이트 하고 있습니다."

그 대답을 들은 경찰이 오히려 놀라 잠시 말을 하지 못했다고 한다.

'이 친구, 정말 자기가 무슨 일을 하는지 모르나 본데.'

다음 날 경찰서에 출석한 L은 긴급체포 후 구속되었고, 2

주간 100만 원을 벌었던 것으로 징역 1년 4개월을 선고받았다.

처음 L은 자신의 혐의를 강력히 부인했다고 한다.

자신은 경찰서에 들어올 때까지 채권추심 아르바이트로 알았고, 자신을 모집한 사람들과의 카톡 대화 역시 불법행위를 전제로 한 것이 아니었음을 보여줬다.

그러자 경찰이 친절히 말했다.

"L씨, 아직 어려서 모르시나 본데, 누가 봐도 잘못된 일을 하신 겁니다. 그렇게 부인하시면 안 돼요. 그냥 잘못했다고 인정하시면 우리가 최대한 가볍게 처벌받도록 해드릴게요."

순진한 L은 그 말에 자신이 알면서도 보이스피싱 전달책 역할을 했다고 경찰관이 시키는 대로 자백했고, 재판은 일사천리로 마무리되었다.

그리고 판결을 받고 나서야 자신과 같은 처지에서 정말 몰랐다고 다투어 무죄를 받은 경우도 있다는 것을 알게 되었고, 그 때 순진하게 자신의 혐의를 인정한 것을 후회했다.

내가 봐도 정말 억울하겠다 싶었지만 본인은 그냥 허허 웃으며 남은 형기를 빨리 마치길 바랄 뿐이었다.

L 외에도 보이스피싱으로 들어온 사람들 중 절반은 딱한 사정들이었다.

자신이 받은 수수료는 많아야 50~100만 원 정도였는데, 1년 이상씩 형을 선고받고 있었다.

보이스피싱 조직의 주범들은 거의 잡히지 못하고, 통장 전달책, 현금 인출책과 같은 말단 심부름꾼만 잡혀서 들어오고 그들만 상당한 책임을 지는 것으로 보이스피싱이 근절될 수 있을지 조금 회의가 들었다.

주범이 중국에 있고 자신이 검거되도록 협조하겠다고 해도 경찰들은 별로 관심이 없다고 한다. 손쉽게 전달책이나 인출책 몇 명 잡아서 구속해서 '건수' 채우면 된다고 안일하게 생각하는 듯했다.

Y라는 형님은 사촌의 차를 팔아주고 그 대금을 돌려주지 않은 혐의로 들어왔다.

그런데 Y는 수사 과정에서 사촌과 합의를 하였고, 별 문제 없을 것이라는 사촌의 말에 특별히 신경을 쓰지 않았다.

이후 Y는 핸드폰 번호가 바뀌었고, 직장 문제로 자주 지방 출장을 다니면서 수사기관과 법원에서의 연락을 전혀 받

지 못했기에, Y가 없는 상황에서 궐석재판이 진행되어 형이
선고되었다.

이야기를 듣자니 Y의 상황이 무척이나 안타까웠다.

나는 Y에게 사촌을 통해 합의서를 다시 받도록 하고, 그것
을 첨부해서 보석신청서를 작성해주었다.

Y가 재판에 불참하게 된 사정을 설명하고, 피해자와 합의
가 이미 완료되었기에 구속 재판의 필요성이 없다는 점을 서
면에 충실히 기재했다.

그 과정에서 Y의 국선 변호인에게 많은 눈치를 받았다.

괜히 보석 신청해서 자기만 귀찮아졌다고 Y에게 싫은 소
리를 했고, Y는 행여나 재판에 영향을 미칠까 걱정을 하기에
걱정 말라고 Y를 다독였다.

다행히 재판부에서는 Y에 대한 보석을 허가하였고, Y는
짧은 시간 내에 나갈 수 있었다.

Y가 나가기 전 고맙다며 내게 내밀었던 작은 선물을 잊지
못한다.

자신이 신으려고 샀던 양말 한 켤레였다.

밖이었다면 착수금에 성공보수로 상당한 액수를 받았겠지

만, 이제 거기에서라도 누군가에게 도움을 줄 수 있었다는 사실에 감사했다.

단순히 음주운전을 한 사람들의 경우 억울하다고 느끼는 정도가 가장 컸다.

사고도 내지 않았는데 음주운전했다고 사람을 1년씩 가둬두는 것이 맞느냐고 흥분을 했다.

그런데 그러한 모습을 대하는 사람들은 대부분 사고가 안 난 건 다행이지만, 음주운전 자체가 잠재적 살인행위였다며 전혀 동정을 하지 않았다.

음주운전에 대해서는 밖의 분위기와 다르지 않았다.

내가 억울하다고 느끼는 것과 남들이 억울하겠다고 느끼는 것은 매우 달랐다.

향방과 주막

구치소에서 가장 경계의 대상이 되는 방은 마약사범들을 모아 놓은 이른바 '향방'이다.

구치소에서 음식을 별도로 구매할 때 가장 많이 구매하는 방도 향방이다.

구치소에 들어와 마약을 할 수 없으니 금단 증상 때문에 끊임없이 간식을 먹어야 하기 때문이다.

먹다가 어느 순간 잠이 드는 사람들도 있고, 새벽에 일어나 갑자기 과자를 먹는 사람들도 있다고 한다.

또 워낙 자주 들락거리기 때문에 구치소에서의 생활에 가장 능숙한 것이 향방 사람들이다.

그런데 구치소에서 마약을 할 수 없어서 어떻게 해서든 환각 상태를 만들어내려는 그들의 노력은 정말 대단하다고 할 수밖에는 없다.

나중에 다시 말하겠지만, 형이 확정된 후 나는 구치소에서 시설보수부(일명 '영선'이라고 한다)에서 일을 하며 사동의 시설보수 업무를 했다.

초반에는 선임들이 일을 할 때 주로 도구 관리를 하는 것이 내 임무였다.

일을 하면서 향방의 시설을 보수하러 갈 때면 선임들이 평소보다 더 긴장을 하고 규정을 한 번 더 확인하는 모습을 볼 수 있었다.

다른 방에서는 가능하지만 향방에서는 어디 틈이 생겼다고 해서 함부로 실리콘을 쏴주는 보수 작업을 할 수 없다.

향방 재소자들은 실리콘을 쏴주면 그 실리콘을 뜯어 냄새를 맡으며 환각 증상 비슷한 기분을 느끼기 때문이다.

더한 경우도 있는데, 밤에 잠이 오지 않는다고 수면유도제나 수면제를 처방받는 경우가 있다. 이런 약들은 그 위험성 때문에 반드시 교도관 앞에서 약을 먹는 모습을 보여줘야 한다.

그런데 일부 재소자들은 약을 삼키는 척하며 혀 아래에 살짝 숨긴 다음 입을 벌려 약을 먹었음을 확인시키고 교도관이 지나가면 입에서 약을 꺼내어 모아놓는다.

그리고 그렇게 모은 약을 잘게 빻아 코로 흡입을 하기도 한다.

또 약품 성분에 대한 지식도 풍부(!)해서 어떤 약과 어떤 약을 어떠한 비율로 혼합해 코로 흡입하면 환각 작용이 극대화되는지도 알고 있다.

약들의 성분표를 분석하는 데 어지간한 약사보다 더 전문적인 지식을 가지고 있었다.

당연히 반입이 금지되는 담배가 너무도 피우고 싶을 때는 그 대용물도 훌륭하게 만들어낸다.

"자, 오늘은 신약성경 마태복음이다."

그러면 막내가 신약성경 마태복음의 한 페이지를 찢는다.

얇고 가벼운 성경책은 담배를 말 때 더없이 좋은 재료라고 한다.

그리고 나서 녹차 티백을 뜯어 녹차 가루를 활용하고 거기에 몇 가지 재료를 첨가해 박하향도 나게 한다.

그리고 건전지를 활용해 불꽃을 만들어낸다.

이제 화장실에 들어가 변기 물이 자동으로 계속 내려가도록 한 후 담배 연기를 변기 안으로 뿜어낸다.

술을 만드는 방은 '주막'이라고 한다.

일주일에 한 번, 아침에 나오는 식빵으로 효모를 만들어내고 별도로 오렌지주스와 발효 요구르트를 구매한 후 적당한 비율로 섞어 적당한 온도로 발효시키면 감귤 막걸리가 만들어진다.

아마도 이전에 양조장을 하다 들어온 사람이 구할 수 있는 재료로 술을 만들어냈고 그 비법이 몇십 년에 걸쳐 전수되는 것이리라.

약이나 술, 담배를 만들어내는 비율은 알고 싶지도 않았고, 괜한 모방 심리가 우려되니,

"더 이상의 자세한 설명은 생략한다."

물론 약을 흡입하거나, 담배를 피우거나, 술을 만들다 걸릴 경우 바로 징벌방으로 가게 된다.

징벌을 받게 되면 가석방이 불가능해진다.

그래도 하지 말라는 행동을 꼭 하는 사람들이 있다.

가끔 기동순찰대(CRPT, 검은 옷을 입고 있어 일명 '까마귀'라고 한다)가 '검방(수용자들의 방을 검사해서 부정물품이 있는지 점검하는 것)'을 한다.

불시에 검방이 이루어지면 사동에서 꼭 1~2개의 방에서는 부정물품이 발견된다.

향방에서 다량의 약을 보관하다 미처 처리하지 못하고 발견된 경우, 정교하게 포커 카드를 만든 경우, 술을 만들어 발효시키다 걸린 경우 등을 봤다.

그런 사고가 터지면 '방이 깨진다.'

보통 방에서는 들어온 순서대로 위계질서가 생기고 그에 따라 막내부터 화장실 청소, 방 청소 등의 잡무를 해야 하는데, 방이 깨지면 그 방에 있는 모든 사람들이 다른 방으로 보내져서 막내부터 다시 시작해야 하는 것이다.

나도 막내부터 시작하며, 화장실 청소, 방 청소, 설거지 등

여러 일을 했는데, 그나마 순번이 올라가면 그렇게 편할 수
없었다.

방이 깨지는 불이익을 감수하면서까지 작은 쾌락과 만족
을 찾으려는 사람들이 이해가 가지는 않는다.

22

항소 기각, 그 우울한 결말

ㅣㅣㅣㅣㅣㅣㅣㅣ

구속 기소가 되거나, 1심에서 법정 구속이 되어 들어온 사람들은 모두 항소심에서 마지막 희망을 갖게 된다. 하지만 항소심에서 특별한 사정 변경이 없는 한 1심의 결과가 바뀌는 경우는 매우 드물다.

피해자와 합의를 하거나, 피해금을 전액 변제 공탁하는 등의 사정이 아니라면 양형 부당으로 항소를 하더라도 감형을 받는 것이 쉽지가 않다.

나 역시 양형 부당을 이유로 항소를 했기에 내심 불안하기도 했다.

하지만 피해자가 자청해 처벌 불원서를 써줬고, 공범 역시 내가 돈을 받은 것은 없다고 법정에서 증언까지 했고, 1심

재판부 역시 내가 경제적 이득을 취한 것은 없다고 인정했기에, 항소심에서는 나갈 수 있지 않을까 하는 기대를 했다.

남들처럼 앉아 반성문을 쓰고 재판을 기다리는 시간이 무척이나 답답했다.

첫 재판 전, 면회를 온 집사람은 어디에서 들었는지 구속되어 처음 재판을 갈 때 '현타'가 오는 경우가 많다며 마음 단단히 먹고 나오라고 했다.
그것이 무슨 의미인지 몰랐는데, 막상 재판을 가며 그것이 어떤 의미인지 알 수 있었다.
전혀 예상하지 못하고 법정 구속되어 정신없이 들어올 때와는 무척이나 달랐다.

아침 일찍 재판을 가는 사람들이 '출정 대기실'로 내려가면, 교도관들이 몸을 수색하고 신발 밑창까지 뒤집어보며 검사를 한다. 면회나 변호인 접견을 갈 때마다 늘 몸수색을 받는데, 개인적으로는 그 순간들이 가장 불편했다.
고위 관료나 정치인, 재벌들은 재판에 갈 때 사복으로 갈

아입고 나가기도 하는데 나는 그냥 수의를 입고 나갔다. 내가 무슨 대단한 사람도 아닌데….

수의를 입은 상태에서 수갑과 포승을 차고 다시 3명씩 굴비 엮듯 줄 하나로 연결되니 집사람 말의 의미를 알 것 같았다.

기분이 정말 안 좋았고 '현타'가 왔다.

교도관 중 한 분이 나에게 수갑과 포승을 채우며 작게 말했다.

"제가 변변호사님 정말 좋아했습니다. 힘드시죠. 잘 이겨내세요."

"아, 네… 부끄러운 모습 보여드려 죄송합니다. 다 제 잘못이죠."

"아니에요, 일하시다 보면 이렇게 엮이는 경우가 있더라구요. 판결문 봤는데 억울하시겠더라구요. 항소심에서 꼭 나가시길 기원하겠습니다."

그분은 그분이 내게 해줄 수 있는 최선의 배려를 해주셨다.

수갑과 포승을 최대한 헐겁게 해주셨고, 살짝 보이는 미소로 격려해주셨다.

2020년 12월 23일 항소심 선고일, 법정으로 갔다.

항소심 선고를 기다리는 중,

앞 사건들의 결과를 보고 있자니 심상치 않았다.

듣기로는 수원고법에서 형이 좀 세다고 소문이 났던 분인데, 역시나 선고를 받고 들어오는 사람들의 표정이 몹시 안 좋았다.

1심에서 집행유예를 받았다가 항소심에서 오히려 형이 가중되어 법정 구속되어 들어오는 경우, 1심보다 징역형이 더 늘어나는 경우도 있었다.

감형이나 집행유예를 기대하기는커녕 1심의 형이 그대로 유지되는 것만으로도 다행이라 여겨야 할 상황이었다.

내 차례가 되었다.

재판장님이 양형의 이유를 설명하는데 유리한 사정에 대한 설명이 먼저 나왔다.

순간 끝이구나 생각했다.

잠시 천장을 올려다봤다. 아직 내게 시련이 끝나지 않았구나 하는 생각이 들었다.

"피고인에게 유리한 사정으로 이러이러한 사항이 있지만 이러이러한 사정을 고려할 때 원심의 형은 적당하다고 보여진다. 피고인의 항소를 기각한다."

방청석에는 집사람과 가족들, 동료들이 많이 나와 있었다고 한다.

겨우 집사람을 겨우 찾은 것 외에 내 눈에는 아무도 보이지 않았다.

집사람이 내게 입모양으로 '괜찮아'라고 고개를 끄덕이는 모습이 보였다.

애써 미소를 지어 보이며 담담히 걸어나왔다.

다시 구치소로 들어가는 버스 안에서는 너무도 마음이 힘들었다.

다시 들어가는 내 모습에 방 사람들 역시 꽤나 놀라는 눈치였다.

'징역판사'들이 나는 항소심에서 집행유예로 나간다는 것에 모두 베팅을 하고 있었던 차에 내가 다시 들어가니 아무도 말을 걸지 않았다.

구치소에서 방 사람들이 절대 건드리지 않는 두 가지 경우가 있다.

수감 생활 중 배우자로부터 이혼 통보를 받게 된 날과 선고를 받고 온 날이다.

가장 '현타'가 심하고 다들 그 심정이 어떠할지를 알고 있기에….

오후가 되고 전날 집사람이 보낸 서신이 들어왔다.

집사람은 내가 나가서 이 서신을 받지 않길 바라는 마음으로 썼을 것이다.

○○아빠, 안녕.

잠은 잘 잤는지 궁금하네. 선고는 납득하기 어렵지만, 힘내야지 어쩌겠어.

○○이 봐서라도 정신차려야지.

내일이 크리스마스 이브인데, 아빠 없이 연말 보내야 하는 딸에게 조금 미안하구만.

시간이 정말 빠르네. 일 년이 훌쩍 지나가 버리니 말이야.

…(중략)…

판결문 다 썼을 건데, 결과가 어떨까 일주일 전부터 마음
졸이며 살아온 시간들…

그 시간들도 이제는 추억이 되는구나.

이 편지를 당신이 안 받길 바라는 마음에서 쓰지만, 혹시
몰라서 한 장 써놓는 것이니,

편지를 전달받더라도 너무 자책하거나 자괴감에 빠지지
는 말아줘.

이제부터 혼자 힘으로 버려내야 하는 시간이 온 거니
까…

…(중략)…

나 또한 이 큰 산을 한번 넘었다는 내 자신을 자랑스럽게
생각하려고 한다.

…(중략)…

무슨 짓을 해서라도 영치금은 빵빵하게 넣어줄 테니까,
걱정하지 말고 잘 지내 ♡

수감 기간 내내 집사람은 매주 월요일 내 영치금을 확인
해 영치금 한도인 300만 원을 꽉꽉 채워놓았다.

　내가 특별히 돈을 많이 쓰는 것도 아니었고, 집사람 역시
경제적으로 곤란한 상황이었지만 나 걱정하지 말라고….

　다음 날 집사람이 면회를 왔다.

　크리스마스 이브에 참 잔혹한 만남이었다.

　앞으로 남은 8개월을 어떻게 버텨야 할지 걱정이 되었다.

　나나 가족들 모두에게 남은 시간을 어떻게 극복할 수 있
을지….

23

기결 대기방으로 이동하다

항소심 선고 후 상고를 하지 않았고 난 기결수 신분으로 형이 확정되었다.

기결수가 되면 등급을 심사해서 그 등급에 맞는 교도소로 이감을 가게 된다.

다만 남은 형기가 6개월 미만이거나, 구치소에서 출역(구치소에서 일을 하는 것)을 나가게 되면 예외적으로 구치소에 남게 된다.

등급 심사를 위해서 미결수들은 기결 대기방으로 이동하게 된다.

기결 대기방으로 '전방'가기 전날, 평소 날 잘 따르던 N군은 마지막이라며 맛있는 요리를 해주었다. 고마웠다.

그곳도 사람 사이의 정은 있는 공간이었다.

밤이 늦도록 잠이 오지 않았다.

집과 회사가 걱정이었지만, 내가 할 수 있는 것이 아무것도 없다는 것이 답답했다.

큰 짐만 남겨두고 온 것이 미안했다.

구치소 생활 중 내가 가장 힘들었던 순간이 기결 대기방에서의 시간이었다.

미결방에서는 범죄의 종류와 초범 여부에 따라 방이 나뉘지만 기결 대기방과 기결방은 그러한 구분이 없다.

바로 옆자리에 살인자가 있을 수도 있고, 정말 특이한 사람도 만날 수 있다.

집사람도 내 편지를 보면 기결 대기방에서 있던 3주 동안이 내가 정신적으로 가장 힘들어 보였다고 한다.

그만큼 정말 같이 있기 힘든 사람 몇 명 때문에 고통스러웠다.

그래도 기결 대기방에서 친하게 지냈던 친구 한 명이 기억에 남는다.

고등학교 때까지 씨름 선수를 했다는데 아이디어가 참 많고 손재주가 좋은 친구였다.

외국계 회사에서는 아이디어를 인정받아 괜찮은 대우로 다니다가 국내 회사에서는 고졸 출신이라는 이유로 배척당하고 아이디어는 다른 상사에게 빼앗겼다고 한다.

종종 내게 이러이러한 사업 어떠냐고 물어보는데 그중에는 그럴싸한 구상도 있었다.

영치금이 전혀 없는 '법자(법무부에서 제공하는 물품으로만 살아야 한다고 해서 법무부 자식의 줄임말이다)'여서 내가 영치금을 조금 넣어주었는데, 고맙다고 A4용지로 필통을 만들어주었다. 칼과 자, 각도기가 없는 상황에서 그렇게 근사하고 단단한 필통을 만들 수 있는 손재주에 놀랐다. 지금도 그 필통을 잘 보관하고 있다.

이번에는 나와서 제대로 된 사업으로 재기하길.

기결 대기방에서 등급 심사를 받으며, 나는 집사람의 접근 등을 고려해 계속 수원구치소에 있길 원했고, 출역 신청을 했다.

출역을 나가지 못하면 '앉은뱅이 징역'이라고 하는데, 미결 때는 그래도 가끔 출정이라고 해서 재판도 나가고 혹시라도 집행유예로 나간다는 희망이라도 있지만, 기결이 되면 이제 아무런 희망도 없고 출역도 못 나가면 하는 일 없이 가만히 있어야 하기에 가장 무료한 시간만이 남는다.

구치소는 교도소와 달리 외부 공장이 없고 출역이 많지 않아 구치소 운영지원 업무라고 하는 '관용부 출역'만 할 수 있다.

세부적으로는 취사장, 시설보수(영선), 세탁, 구내청소(내청), 재소자 이발(재리), 영치(수용자들이 입감할 때 맡겨두는 물품을 보관하는 창고 관리 업무), 간병(실제 간병이 아니라 의료사동에서의 잡무 담당) 등의 분야가 있다.

그런데 구치소에서의 관용부 출역은 그 숫자가 제한되어 있기에 구치소에는 앉은뱅이 징역들이 꽤 있다.

지금까지 머리만 써서 일을 해왔고, 특별한 기술이 없는 나는 적당한 분야를 찾기가 어렵지 않을까 걱정했다.

앉은뱅이 징역이 되거나 집에서 멀리 떨어진 교도소로 이감을 가게 되면 어쩌나 하는 걱정도 들었다.

다행히 난 시설보수부에 배정이 되었다.

처음에는 기술은커녕 망치 한 번 잡아본 일이 없는 내가 일을 할 수 있을지 걱정도 되었다.

그런데 나중에 알게 된 것이지만, 구치소에서 가장 중요한 것은 일을 잘하는 것보다 사고가 발생하지 않도록 하는 것이기에 시설보수와 같이 위험한 공구를 다루는 곳에서는 사고를 치지 않을 사람을 구하는 것이 주된 관심사였다.

정말 다행히 출역을 나가게 되어 기결 대기방에서 기결(영선)방으로 이동을 하게 되었다.

이제 내게 남은 유일한 희망은 일 열심히 해서 가석방을 받는 것뿐이다.

24

출역 이야기

앞에서 잠깐 언급했듯이 구치소에서는 사고를 우려해 칼은 물론이고 작은 못 하나도 휴대가 금지된다.

그런데 시설보수에는 97종 358개(이걸 아직도 기억하다니…)의 도구들이 있다.

바꿔 말하면 358개의 흉기가 있고 혹시나 누가 그걸 들고 휘둘러 사고가 발생하면 엄청난 일이 발생하게 되는 위험한 곳이다.

그래서 시설보수의 경우 혈기왕성한 젊은 친구들보다 주로 50대 이상을 뽑고, 40대도 매우 드물게 뽑고 있었다.

시설보수에서 가장 강조하는 것이 있다.

"우리는 일을 잘하는 것보다 더 중요한 것은 도구 관리 잘

하고, 일을 마친 후 바닥에 떨어진 것이 없는지 꼼꼼하게 확인하는 것입니다.

일을 못하면 좀 더 실력 있는 사람이 가서 하거나 그도 안 되면 외주로 맡기면 됩니다.

하지만 여러분들이 도구 하나 분실하거나 바닥에 못 하나 떨어뜨리고 오는 순간, 여러분들은 바로 징벌방으로 가게 되고 가석방도 없어집니다.

각별히 주의하시길 바랍니다."

일을 나가거나 들어올 때 항상 도구 개수를 확인하고, 우리가 일을 할 때 수용자들이 지나치면 무조건 한 사람은 도구함을 감싸 안고 지키고 서 있어야 한다.

언제든 그 수용자가 도구함을 열고 도구를 꺼내 휘두를 수 있다는 생각을 해야 하기 때문이다.

절대 과장이 아니다.

실제로 종종 그런 일이 벌어져 사고가 발생하기에 처음부터 끝까지 모두 도구에 대한 주의였다.

예전에 있었던 일이라고 하는데, 말 많고 탈 많은 바로 그

'향방'에서 일을 마치고 실수로 바닥에 도구 하나를 두고 나왔다고 한다.

복귀 전 마지막 도구 점검 때 도구 하나가 없어진 것을 알고 부랴부랴 다시 작업 장소로 갔다.

당연히 그 방의 수용자들은 모르쇠로 일관했고, 그 사동의 담당 교도관은 마지막 경고를 한 후 무전으로 '까마귀(CRPT)'를 불렀다.

도구가 없어진 중대한 사고였기에 한 무리의 까마귀가 날아왔고, 사동의 출입문을 봉쇄하여 아무도 출입하지 못하도록 한 후 문제가 발생한 방이 아니라 출입문에서 가까운 방부터 차례로 '대검방'이 시작되었다.

대검방은 단순히 방을 둘러보고 관물함 몇 개 열어보는 정도의 검방이 아니라 3평 남짓한 조그만 방 하나에 4~5명이 들어가 최소 1시간 이상씩 싹 뒤집게 된다.

이불 홑청을 다 뜯어내고 벽지도 새로 붙인 부분은 다 떼어내 숨긴 것이 없는지 살핀다.

그 과정에서 불법 제작물이 발견되면 일반적인 검방에서는 지나칠 법한 사소한 물건까지 모두 징벌의 대상이 된다.

그러자 향방에서는 난리가 났다.

저 멀리 대검방의 소리가 들리며 1시간 동안 방 하나를 싹 뒤집는 소리를 듣더니 불안감을 느낀 것이다.

향방이니 온갖 불법 제작물에 숨겨둔 약까지 쏟아질 것이 뻔했다.

향방에서 누군가 "여기 도구 있네요…."하고 갑자기 발견한 듯이 이야기를 했다.

도구는 회수되었지만, 그 향방은 '깨졌고' 전원 징벌과 이후 다른 방의 막내로 가야 하는 운명이 기다리고 있었다.

그리고 도구를 분실한 사람 역시 징벌을 피할 수 없었다.

취사장에서도 예전에 비슷한 사고가 있었다고 한다.

쌀이 들어와 '가위'로 포대를 뜯고 쌀을 옮기던 중 접견을 가게 되었고, 그 사람은 동료에게 가위를 잘 챙기라고 하고는 자리를 떠났다.

그런데 그 동료는 바쁜 와중에 그 가위를 챙기는 것을 깜빡했고, 쌀을 내려놓은 후 트럭은 그대로 떠났다.

오후 4시 즈음 일과를 마무리할 무렵 가위 하나 분실된 것이 발견되었고 역시나 까마귀가 날아와 취사장을 뒤집었다.

그러나 찾지 못했고, 누군가 가위를 트럭에 둔 듯하다고 이야기하자 밤 9시 쌀을 배달했던 트럭이 다시 구치소로 들어왔다.

그때까지 취사장에서는 아무도 방으로 복귀하지 못하고 전원이 대기하고 있었다.

다행히 화물 적재칸 쓰레기 더미 사이에서 가위가 발견되었고 상황은 종료되었다.

역시나 가위를 제대로 관리하지 못했던 사람은 징벌방으로 가게 되었다.

밖에서 아무렇지 않게 생각한 못 하나, 가위 하나가 여기서는 남은 수형생활을 좌우할 정도로 엄청난 물건인 것이다.

너무 예민한 것이 아니냐 생각할 수 있다.

그런데 실제로 그 작은 물건들이 엄청난 결과를 가져오기에 이렇게 예민한 것이다.

같이 있던 분 중 미국에서 크게 사업을 하시고 국제학교도 운영하시는 분이 있었다.

그분은 사업상 거래관계에서 문제가 생겼고 무려 3년 넘게 치열하게 법정에서 다투다 유죄로 인정되어 3년 6월의 형을 선고받았다.

법정 구속되어 들어온 후 너무도 억울하고 분했다고 한다.

자기 집 화장실보다 작고 더럽고 불편한 방에서 생활하는 것도 도저히 참을 수 없었다고 한다.

밤새 잠을 이루지 못하고 뒤척이다 새벽 2시에 벽에 있는 옷걸이가 눈에 들어왔고 그 사이로 삐져나온 못 하나가 보였다고 한다.

그분은 순간 '저기에 이마를 세게 부딪치면 죽을 수 있겠다'하는 생각으로 한참을 노려보았다고 한다.

마침 순찰을 다니던 교도관이 이상한 낌새를 눈치 채고 그분과 길게 대화를 하였고, 그분은 철문을 사이에 두고 이루어진 그 교도관과의 대화로 조금씩 평정심을 얻어 다시 살아야겠다는 의지를 가지게 되었다고 한다.

나와 함께 있는 동안 방에 있던 동생들에게 영어와 중국어를 가르쳐주시고, 항상 모범적으로 생활하며 의연했던 멋진 형님이었다.

삶의 극한으로 몰린 사람들이었고, 그러한 사람들을 통제하기 위해 밖에서는 생각할 수 없는 많은 제한들이 있는 곳이었다.

출역을 하며 여러 가지 기술을 조금씩 배울 수 있었다.
전동드릴로 못을 박고, 도배를 하고, 니스 칠을 했다.
얼마 전 집 화장실 휴지걸이가 떨어졌길래 집에 있던 공구로 간단히 수선을 했다.
그것을 본 집사람의 표정은 놀라움이었다.
이전에는 상상도 하지 못했던 일이었기에….
"구치소 시설보수 했다더니 진짜 맞나 보네."

가석방

우리 형법에는 형기의 3분의 1이 지나면 가석방 자격이 된다고 하지만 법무부에서는 잔여 형기가 30% 내외(여성의 경우에는 40% 내외이다)일 때 가석방 대상자로 올린다.

그런데 이 가석방이라는 것이 잔여 형기가 30% 정도면 무조건 받을 수 있는 것이 아니라 범죄의 종류, 전과 횟수, 피해자와의 합의 여부에 따라 또 달라지게 된다.

어떤 특정한 범죄가 특정한 시기에 사회적으로 크게 이슈가 되고 있으면 가석방이 되지 않는다. 예전에 〈도가니〉라는 영화로 성범죄에 대한 사회적 비난 여론이 고조되었을 때 성범죄는 가석방이 아예 없었다고 하고, 요즘에는 음주운전과 보이스피싱의 경우 가석방을 받을 수 있는 비율이 잔여 형기의 10% 내외에 불과하다고 한다.

또한 이전에 실형을 산 전례가 있거나 벌금이나 추징금 등을 내지 않았을 경우에도 가석방이 불가능해진다.

보통 매월 12일경 가석방 대상자가 확정되고 법무부에 그 명단을 올리면 심사를 거쳐 그 다음 달 말일에 가석방이 결정된다.

가석방 대상자가 되는 것을 '싸인했다'라고 표현하는데 싸인했다고 해서 또 다 가석방이 되는 것은 아니다.

보통 가석방 대상자 중 70~80% 정도는 가석방이 되고, 나머지는 대부분 보류라고 해서 한 달 뒤인 그 다다음 달에 다시 최종 결정을 기다려야 한다.

그리고 극히 예외적으로 가석방이 불허가되는 경우도 있다.

나는 2021년 3월 12일 가석방 '싸인'을 하게 되었다.

당시 수원구치소에서 19명이 가석방 싸인을 했는데, 내가 있던 시설보수에서만 무려 5명이 싸인을 했다.

관용부 출역 중 취사장과 시설보수가 위험하고 힘든 직종이라 가석방을 가장 많이 받는데 그것을 감안해도 상당한 대우였다.

가석방 여부는 그 다음 달 말일 2일 전, 그러니까 4월 28일이 되어야 결정이 된다.

미리 가르쳐주면 좋지 않겠나 싶겠지만 막상 겪어보니 그 이유를 알 것 같았다.

온갖 이상한 사람들이 많이 있는데, 맘에 안 들면 시비를 걸어 분쟁을 만들고 징벌방에 같이 가서 상대방의 가석방을 깨버리는 경우가 있기 때문이다.

그래서 가석방 싸인하고 한 달 보름 정도의 기간은 더 매사에 조심하고 사고를 치지 않으려 노력한다. 그래서 교정당국에서도 가석방 결정을 가장 늦게 해서 사고를 방지하려는 것이다.

4월 28일, 가석방 결정이 통보되는 날,

사동의 보수 업무를 마치고 복귀하던 중 가석방 담당 계장님이 마침 지나가고 있었다.

"계장님, 결정 내려왔나요?"

"네, 내려왔습니다. 그런데… 아이고 시설보수 큰일났네. 5명 중에서 딱 1명만 이번에 나가네. 이번에 좀 엄격하게 바뀌었어요."

"아, 네… 혹시 누가…."

"흠, 어디 보자… 변환봉씨, 본인만 나가시네요."

주변에 선임들이나 후임들이 축하해주고 부러워할 것 같겠지만 절대 그런 분위기가 아니었다.

시설보수의 최고참 반장과 넘버 3, 4를 비롯한 내 위 선임 4명이 모두 가석방이 안 되었다.

공장에 복귀하니 역시나 무거운 분위기였다.

나 역시 한쪽에 앉아 아무 말 하지 않고 고개를 숙이고 조용히 있었다.

시설보수의 반장은 밖에서 꽤 큰 현장을 관리하고 사업도 좀 건실하게 했는데 사업이 부도가 나며 들어오게 되었다. 일에 있어서는 실력이 출중했고, 카리스마와 리더쉽도 있는 꽤 멋진 사람이었다.

역시나 그 형님이 먼저 분위기를 풀었다.

"환봉아, 축하한다. 같이 나가서 순댓국이나 먹을랬더만 난 좀 더 있어야겠다. 먼저 나가서 자리 잡고 있어라."

집에서는 집사람과 장모님이 가석방 문자를 받고 우셨다고 한다.

"짠혀라, 그 고생을 하더만 이제 나오는갑소."

다음 날 집사람은 출소할 때 입을 옷을 넣어주러 와서 나와의 마지막 접견을 했다.

처음으로 시간에 쫓기지 않고 천천히 이야기를 나눴다.

"고생했어…"

"긴 꿈을 꾼 것 같다…"

제5장

그 후의 이야기

✤ 26 ✤

이것은 드라마가 아닙니다

‖‖‖‖‖‖‖‖

어릴 적 동화책을 보면 늘 마지막에는 이런 말이 나온다. '이제 모든 어려움은 사라졌고 왕자님과 공주님은 행복하게 오래오래 살았답니다!'

출소하게 되면 당장 무엇인가를 할 수 있으리라 생각했다. 가족들에게 맡겨두었던 짐을 건네받아 내가 깔끔하게 마무리하고 다시 멋지게 기반을 다질 수 있으리라 생각했다. 하지만 나와서 보니 겨우 자유를 되찾았을 뿐 내가 할 수 있는 것이 많지 않다는 것은 크게 달라지지 않았다.

먼저는 기반을 다지는 일을 할 것이 아니라 정리하는 작업을 해야 했다.

사무실을 정리하고 기존 사건을 다른 변호사에게 인계시키고 내 자리를 지우는 작업을 해야 했다. 나는 이제 5년간 변호사가 아니기에….

공들여 탑을 쌓는 것보다 조심스레 해체하는 것이 더 힘들었다.

심적으로 말이다.

그래도 순조롭게 마무리되었다.

아등바등 쥐려고 하는 것이 아니라 내려놓으려 할 때 길이 보였다.

담장 안에 있는 동안 마음 써주시고 격려해주셨던 분들에게 인사를 드리고, 도움을 준 동료들을 찾아 감사 인사를 했다.

한 친구가 조심스레 말했다.

"절대로 조급하게 마음먹지 말고 일단은 몇 달 푹 쉰다고 생각해.

내 의뢰인 중에 증권사에서 펀드매니저 하시던 분이 있었는데, 펀드가 잘못돼서 1년 6개월 있다가 나오셨거든. 그 안에서도 재기하겠다고 정말 잘 버티셨고 항상 긍정적으로 생각하시더라.

그런데 나와서 6개월 후에 스스로 삶을 놓으셨어.

자기가 이제 할 수 있는 것이 없다는 것을 견디지 못하시고…"

수감되어 가정이 해체되는 경우는 처음 들어가고 6개월 전후, 그리고 출소 후 6개월 전후가 가장 많다고 한다.

처음 들어갈 때야 그렇다고 해도 출소하고 나서 긴 시간 버텨준 가정이 왜 해체되는지 이해가 되지 않았는데, 막상 내가 겪어보니 조금은 그 심정을 이해할 것 같았다.

나오기만 하면, 나가기만 하면 어떻게 무엇이든 할 수 있으리라 막연히 생각하지만, 현실은 그렇지 않다는 것이다.

어쩌면 이전의 당당했고 능력 있던 모습이 모두 사라진 초라한 모습, 혹은 점차 현실을 인식하며 무기력해지고 위축되어가는 모습을 보며 가족들 역시 또 한번 현실을 인식하고 손을 놓게 되는 것이다.

나도 별반 다르지 않았다.

당분간 사무실을 운영할 수 없게 되고 정리를 해야 하는 과정, 평생 기술이라고는 없이 머리로만 살아왔는데 어디에 가서 일자리를 찾아야 하나 하는 고민이 시작되니 스스로 위축될 수밖에 없었다.

어릴 적 보던 동화나, 모두가 기대하는 해피엔딩의 드라마가 아니었다.

그동안 누려왔던 모든 것을 내려놓고 철저히 현실을 인식했을 때 비로소 홀가분하게 정리를 할 수 있었고 새로운 일을 준비할 수 있었다.

그리고 그 과정에서 큰 버팀목이 되어준 집사람에게도 진심으로 감사한다.

공황장애

몸무게는 들어가기 전에 비해 여전히 5kg정도가 빠졌다.

뱃살이 쏙 빠져서 바지가 헐거워졌고, 몸이 가벼워져 좋기는 하지만 이전과 같은 양의 식사를 하면 속에서 부대끼는 증상을 느끼게 되었다.

좋아하던 음식들도 많이 바뀌었다.

예전 생각하고 피자, 파스타를 먹었는데 더 이상 이전의 맛이 아니었다.

가장 큰 어려움은 심리적인 문제였다.

2~3주가량은 집 베란다를 쳐다보지 못했다.

베란다에 있는 창살을 보면 늘 창살을 통해 밖을 바라보던 담장 안의 생활이 생각나 갑자기 극심한 불안감이 찾아왔다.

새벽녘 잠에서 깨어 갑자기 엄습하는 두려움에 몸을 벌벌 떨기도 했고, 자려고 누웠을 때 천정과 벽이 내게 쇄도하는 것 같은 답답함이 느껴지기도 했다.

별로 서운할 것도 없는 말에 갑자기 울컥하게 되는 경우도 있었다.

처음 느껴보는 감정들이었다.

아는 의사 선생님께 상담을 요청했다.

당연한 현상이라고 하셨다.

개중에는 출소 후 몇 주 동안은 그냥 울기만 하는 사람도 있다고 하고, 약물 치료를 받는 사람도 많다고 했다.

특히나 사무직에 종사하거나 사회에서 활동하던 사람들의 경우가 더 그렇다고 한다.

나 같은 경우는 차라리 일을 하고 바쁘게 돌아다녀야 더 좋아질 것이니 집에만 있거나 여행을 다니기보다 무엇이든 일을 하라는 권유를 받았다.

다행히도 사무실을 정리하고 사건들을 정리해 넘기는 일을 하며 분주히 지내다 보니 조금씩 그러한 불안감들이 사라졌다.

집사람도 그만의 방식으로 내가 빨리 복귀하도록 도왔다.

집사람은 내가 갔다 온 것이 아무렇지 않은 듯 나에게 장난을 쳤다.

"난 당신이 그 안에서 있었던 이야기 해주면 제일 재미있더라. 드라마 〈슬기로운 감빵생활〉이랑 정말 비슷해? 거기서 재미난 사람 없었어?"

한참 집사람과 수다를 떨다보면 조금씩 그 악몽에서 벗어나고 있음을 느꼈다.

그래 잘 버텨왔고 아무 일도 아니야….

두어 달이 지나니 이제는 그러한 불안감은 거의 사라졌다.

조금 더 편하게 이야기할 수 있게 되었다.

그리고 어느 순간, 더 이상 그곳에서의 일이 떠오르지 않았다.

내 기억 속에서 그곳 8개월의 기억이 송두리째 없어진 듯하고, 아주 긴 꿈을 꾼 듯 막연한 느낌만 남아 있다.

몇 년 전 일은 여전히 생생하지만, 그곳에서의 일은 막연한 이미지로만 남아 있다.

아주 오래전에 겪었던 일이나 지난밤의 꿈처럼 말이다.

애써 회피를 하려고 내 스스로 그 기억을 지우고 있는지도 모른다.

그러나 내가 잘못했기에 벌을 받았다는 것, 그리고 그 과정을 통해 내가 깨닫게 된 것들에 대한 기억은 더없이 명확하다.

아픔의 기억은 잊되 아픔의 원인과 그 후에 대해서는 잊을
수 없다.

출소하고 나서 어떻게 보내느냐도 매우 중요했다.

심리적으로 무너지거나, 현실에 좌절하게 되거나 가정이
해체될 수 있다.

정말로 대단한 사건임에 틀림없다.

28

담장 밖 다른 가족들의 이야기

내가 법정 구속이 되고 집사람은 수용자 가족들이 모이는 인터넷 커뮤니티에 가입했다.

그곳에서 많은 정보를 얻었고, 다른 가족들과 소통하며 많은 위로를 받았다.

집사람을 통해 들었던 이야기들은 안에서 고생하는 수용자들 못지않게, 창살 없는 감옥처럼 밖에 있는 가족들의 삶역시 눈물겹다는 사실이었다.

특히나 육아의 어려움과 생계의 곤란함은 오롯이 남겨진 배우자들의 몫이었고, 정신적인 충격과 아울러 평소보다 몇배나 큰 부담으로 다가오게 된다.

집사람은 몇 명의 수용자 가족들과 단체 채팅방을 만들어

수시로 소통했다.

그중에도 특히 이제는 갓 돌이 지난 S 엄마의 사연이 집사람을 울게 했다.

S의 아빠는 친구인 법무사와 함께 일을 하다 문제가 되었고, 그 법무사는 자신이 가족들을 챙겨줄 테니 잠시 고생을 하고 책임져달라고 부탁을 했다고 한다.

순진한 S의 아빠는 뱃속에 있는 아이와 어려운 집안 형편을 생각해 모든 잘못이 자기 책임이라 하고 죄를 뒤집어썼다.

그런데 수사가 마무리되고 S의 아빠가 수감된 후 친구 법무사는 태도를 바꿔 지원하기로 했던 재정적 지원도 하지 않고 연락마저 끊었다고 한다.

S를 출산한 엄마는 혼자서 생활고에 시달리며 남편의 수발까지 해야 하는 상황이었다.

워낙 사정이 딱해 단체 채팅방에 있는 다른 엄마들이 S의 분유 값과 기저귀 값을 조금씩 보태줬고, 집사람도 수시로 S 엄마와 통화하며 희망을 주었다고 한다.

S가 백일이 되었을 때 집사람은 S의 집으로 기저귀와 분

유, 공기청정기를 사서 보내주었다.

그때 S 엄마는 집사람에게 울면서 전화를 했다고 한다.

"언니, 너무 고마워요. 자꾸 이렇게 도움받으면 안 되는데 나 이번에는 너무 힘들어서 그냥 받을게요."

S 엄마의 친정 어머니도 집사람에게 전화를 해 감사를 표했다고 한다.

S 엄마는 지금도 이렇게 말한다.

"우리 S는 정말 언니들이 키워준 거예요. 꼭 열심히 살게요. 감사해요."

집사람은 자주 S 엄마와 통화를 하며 이야기했는데, 한번은 S 아빠의 사건을 듣게 된 우리 딸아이가 통화 후 집사람에게 결연한 표정으로 말했다고 한다.

"엄마, S네 아빠도 정말 억울하겠다. 내가 꼭 판사가 되어서 그런 사람들 억울함 다 풀어줄게."

힘든 상황이지만 S네 가족은 화목했다.

언니들이 S 분유 값 하라고 보내준 돈 중 5만 원을 S의 엄마는 남편의 영치금으로 넣었다.

남편이 돈이 없어서 제대로 구매하지 못하는 것이 마음이 아팠다고….

그런데 착한 S 아빠는 그 돈이 어떻게 만들어진 돈인지 알기에 3주 동안 그 돈을 전혀 쓰지 않다가 S 엄마의 사정으로 꼭 필요한 것만 샀다고 한다.

힘든 시간이겠지만 S네가 끝까지 잘 버티길 기도한다.

간호조무사를 하는 다른 엄마는 아들 둘을 키우고 있다고 한다.

어린 아들 둘을 키우는 일상은 매일매일이 전쟁이었고, 생활고에 육아의 어려움으로 그 엄마는 혼자서 많이도 울었다고 한다.

그런데 그 엄마를 더욱 힘들게 했던 것은 형편이 좀 나은 시댁에서 어떠한 지원도 없다는 점이었다.

아들이 구속된 마당에 혹시나 며느리가 다른 생각을 할까 싶었는지 일절 연락도 없었다고 한다.

간호조무사 수입으로 겨우 아들 둘을 건사하던 중 갑자기

구치소에 있는 남편의 이름으로 300만 원이 입금되었다.

깜짝 놀라 접견을 가서 남편에게 확인하니, 시어머니가 남편을 접견하러 와서 영치금 최대한도인 300만 원을 넣어주고 갔다는 것이다.

남편은 자신의 어머니께 가족들 좀 챙겨주라고 부탁했는데 어머니의 미지근한 반응을 보고 그동안 집사람이 왜 그렇게 힘들어했는지 어렴풋이 짐작을 했다고 한다.

그리고 남편은 자신의 영치금 계좌에 있는 300만 원을 집사람에게 생활비로 보냈다고 한다

(영치금 계좌에 있는 돈은 수용자 명의의 다른 계좌로 이체할 수 있다).

형사 판결이 선고되면 단체 채팅방에는 엄마들의 눈물 어린 글들이 올라온다.

"항소 기각되고 법원 잔디밭에서 한참이나 울었어요."

"집까지 7㎞를 걸어갔네요. 버스도 안 타고 무슨 정신인지 모르겠어요. 앞으로 어떻게 버티죠."

나는 몰랐는데, 밖에 있는 가족들은 더 힘든 싸움을 하고

있었다.

안에서는 답답함이 전부이지만, 밖에서는 치열한 삶의 현장에서 총성 없는 전쟁을 하고 있었다.

아직 담장 안에 있는 사람들에게

출소 후 같이 있었던 사람들에게서 편지가 왔다.

잠시 잊고 있었던 그곳의 모습이 떠올랐고 무척이나 반가웠다.

여전히 아웅다웅하고 투닥거리는 모습이 있었고, 조금이라도 빨리 가석방을 받고 나가고 싶어하는 절실함도 느껴졌다.

간혹 내게 법률적 도움을 요청하거나 물어오는 편지도 있었다.

당분간은 내가 직접 해결할 수 없고 좀 더 실질적인 도움을 줄 수 없어 아쉬웠다.

그래도 부탁이 있을 때면 반드시 그 가족들에게 연락을

해서 내가 할 수 있는 한 알아봐주고 설명을 해주고 가장 적합한 다른 변호사를 소개해주었고, 안의 남편이 걱정 많이 하고 있고 잘 지내고 있으니 힘내시라고 꼭 격려를 해주었다.

밖의 가족들은 안에서도 밖의 가족들을 위해 무엇인가 하려고 한다는 사실에 크게 위로를 얻는 것 같았다.

집사람이 내가 안에 있을 때의 여러 일 중에서 가장 감동스러웠던 순간을 이야기해주었다.

집사람이 딸아이 사회 과제를 어떻게 준비해야 할지 걱정스럽다는 편지를 보내왔다.

나는 딸아이와 함께 박물관에 갔던 기억을 떠올려 발표문 초안을 잡아주고 인터넷으로 어떠어떠한 유물을 검색해 이러저러한 설명을 부가해서 딸아이와 함께 완성하면 좋을 것 같다는 편지를 보냈다.

그리고 한국사에 대한 이러이러한 책을 사서 보게 하면 좋을 것 같다는 말도 덧붙였다.

집사람은 전혀 기대도 안 했는데, 내가 편지를 보내 과제에 대한 답을 보내주자 가장 감동스러웠다고 한다.

'이 사람이 그래도 아빠라고 자기 역할은 하려고 하는구나, 아빠로서의 책임감은 잊지 않고 있구나….'

딸아이는 학교에서 발표 후 정말 조사를 잘했다고 칭찬을 받았고, 수학과 사회에 있어서는 역시 아빠라고 좋아했다고 한다.

그리고 내가 읽으면 좋겠다고 한 한국사 전집을 사서 다 읽었다고 한다.

예전에 어떤 장관은 구속된 후 자식들에게 보내는 편지에 공부 방법과 읽어야 할 책 등에 대해 적어서 보냈다고 한다.

집사람은 종종 그 이야기를 하며 가끔 편지에서 내가 딸아이 공부에 대해 이러저러한 이야기를 해주면 그렇게 고마웠다고 한다.

내가 안에 있던 사람들의 부탁으로 밖의 가족들에게 연락하고 내가 알고 있는 범위에서 도움을 주면 그 가족들이 그렇게 고마워하는 것도 비슷한 이유가 아닐까 싶다.

너무나 힘들고, 오롯이 혼자 감당해야 한다고 생각했는데, '그래도 안에서 자기가 할 수 있는 일은 다하려 하고 가장으로서 책임감은 잊지 않으려 하는구나' 하는 기분을 느끼지 않았을까.

사고 안 치고 잘 버텨서 가석방 받아 조금이라도 빨리 나오는 것도 중요하지만 조금이라도 밖의 가족들에게 여러 감정을 공유하고 있음을 느끼도록 해주는 것이 더 필요하다는 것을 느꼈다.

마지막 이야기

⊥⊥⊥⊥⊥⊥⊥

딸아이가 기도하는 내 모습을 보더니 정말 예수님이 항상 우리와 함께 있느냐고 물었다.

잠시 생각하다 예전에 책에서 본 이야기를 해주었다.

"한 사람이 꿈을 꾸었어.

그 사람은 꿈에서 예수님과 어느 한적한 바닷가의 해변을 걷고 있었지.

한참을 말없이 걷다 문득 뒤를 돌아보았어.

문득 그 해변은 지금까지 자기가 살아온 인생을 의미한다는 생각이 든 거야.

그런데 그 사람이 이상한 것을 발견했어.

잔잔한 해변에는 분명 두 사람의 발자국이 있는데, 파도가

거칠게 치거나 자갈이 많은 곳에서는 한 사람의 발자국만 보이는 거야.

그래서 예수님께 물었지.

저 힘든 순간에 예수님은 어디 계셨냐고, 왜 한 사람의 발자국만 보이냐고.

그러자 예수님께서 말씀하셨어.

'그곳은 너무 힘든 곳이어서 내가 널 업고 갔단다.'

이 이야기가 무슨 뜻인지 알겠니?"

딸아이는 아빠가 무슨 말을 하는지 충분히 이해했다.

굳이 종교적인 비유가 아니더라도, 우리네 인생 역시 다르지 않다.

너무 힘들어 혼자라고 느끼는 순간에도 누군가 날 업고 가거나 내 팔을 들어주거나 내 곁에서 날 지탱해주고 있었다.

나 혼자 잘난 맛에 살았고, 내 능력을 과신하며 살았는데, 이제 내려놓고 보니 더 많은 것을 얻게 되었다.

앞으로도 더 열심히, 잘 살아야겠다.

함께.

에필로그

8개월 반이라는 시간.

짧은 시간이라고 할 수도 있겠지만, 그동안 내가 애써 만들어왔던 모든 것을 단숨에 무너뜨리기에는 충분한 시간이었다.

한탄하고, 억울해하고, 원망한다고 해서 달라지는 것은 아무것도 없다.

여기서 내가 아무것도 얻을 수 없다면 그야말로 내 인생이 송두리째 부정되고 무너지게 되리라 생각한다.

딸아이를 통해, 그리고 총선에서의 낙선을 통해 나에게는 큰 깨달음과 변화가 있었다.

평생 겪을 모든 시련을 더한 총합과도 같은 충격이었던 '감빵생활'은 내게 어떠한 의미가 있을지 끊임없이 스스로에게 질문을 했다.

결국 어떤 가식도 없는, 절대적인 마주 봄의 시간에서 나를 들여다볼 수 있었다.

1심에서 법정 구속이 되고 모두의 예상과 바람처럼 2심에서 집행유예로 감형이 되어 나갔다면 난 여전히 자신감에 차 있었을 것이고, 내가 할 수 있다는 생각을 하며 살았을 것이다.

시련이 있지만 난 이겨냈고 내가 계획한 대로 내 인생은 여전히 찬란한 방향으로 흐를 것이라는 자신감 말이다.

그러나 2심에서 나의 형이 그대로 확정되고 이제는 오롯이 내가 책임을 져야 하는 상황에 몰렸을 때, '2심 선고 때까지만 버텨주면 내가 나가서 정리할 수 있을 테니 기다리라'는 내 계획이 무너지고 내 주변의 도움과 그들의 노력을 전적으로 신뢰할 수밖에 없는 상황이 되었을 때 나의 한계를 절감하게 되었다.

마주 봄과 바라봄, 의지함을 깨닫게 된 것이다.

난 절대자인 신의 존재를 긍정하면서도 그 신을 내 의지
안에 가두어두려 했다.
'내게 이러저러한 계획이 있으니 신께서는 이렇게 저렇게
도와주세요' 하는 것이 나의 잘못된 태도였다.
그건 내 의지일 뿐 신의 계획은 아니었으니까.
그래서 신은 내가 내 모든 계획을 해체하고, 스스로가 오
롯이 자신을 바라보길 바라셨던 것 같다.

내 손을 굳게 잡아준 분들을 잊지 않는다.
여전히 신뢰의 시선을 보내준 분들에게 꼭 보답하고 싶다.

앞으로의 내 삶이 그 답이 되지 않을까 생각한다.

그때 이 기록이 의미가 되기를.

야고보서 1장

2. 내 형제들아 너희가 여러 가지 시험을 당하거든 온전히 기쁘게 여기라

3. 이는 너희 믿음의 시련이 인내를 만들어 내는 줄 너희가 앎이라

4. 인내를 온전히 이루라 이는 너희로 온전하고 구비하여 조금도 부족함이 없게 하려 함이라